小説・秒速5センチメートル

秒速五厘米

Makoto Shinkai

新海 诚

季丽晔 译

目录

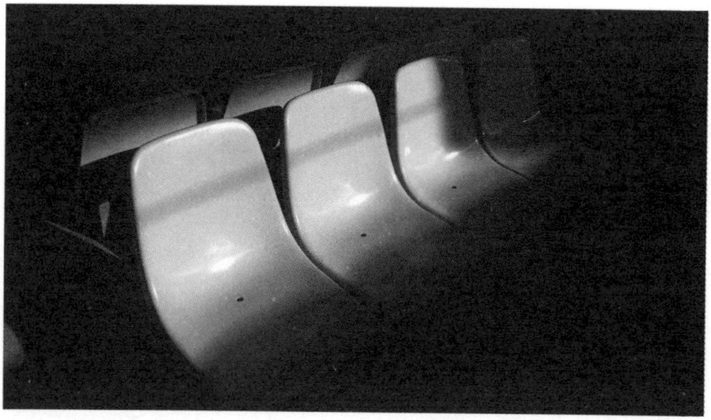

第一章　樱花抄

1

“看，真像雪花一样啊。”明里这样说道。

时光倒转回十七年前，我和明里刚刚升入小学六年级的时候。放学后的我们背着双肩书包走在林荫小道上。正值春季，树林里有成片望不到尽头的樱花树，枝头开满如云的花朵。飘落下来的花瓣在空气中悄无声息地飞舞，坠落在我们脚下的柏油路面上，像是给路面染上了一层白色。空气暖洋洋的，万里晴空呈现出淡淡的湖蓝色，宛如蓝色的水彩颜料溶在水里时那种清澈空灵的色泽。不远处就是公路干线和小田快车道，但是那边的喧嚣丝毫没有传到我们这边，围绕在我们四周的只有鸟儿们欢迎春姑娘到来的婉转啼叫声。这里除了我和明里两人再没有任何人了。

这番春光明媚的景象宛若图画一般美好。

是的，至少在我的记忆中，那时的情景就仿佛一幅图画，又好似一段影像。每当我打开记忆的闸门，我总是置身在景象之外，从稍远的地方凝望着这个记忆片段。画面里是刚满十一岁的少年，以及与他身高相差无几的同岁少女。在那个充满明媚春光的世界，他们理所当然地出现在那里。无论何时，映入我眼帘的都是少年和少女的背影，而且总是少女先一步向前奔跑起来。直至今天，我依然清晰地记得那一瞬间掠过少年心头的淡淡孤寂，即便已然长大成人的我回忆起那一幕，依旧会陷入感伤的情绪之中。

就是在那个时候，明里望着纷纷扬扬飘落的樱花瓣，说真像漫天飞舞的雪花啊。可是，我却觉得不像，在当时的我看来，樱花就是樱花，雪就是雪。

“看，真像雪花一样啊。”

“噢？像吗……”

“嗯，好吧。”明里淡淡地说道，旋即快步向前走了两步，倏地转回身来，她那栗色的发丝在碧蓝的天空下闪耀着光泽。忽然，她又开口说出谜语一般的语句。

“你知道秒速五厘米吗？”

“那是什么？”

“你觉得是什么呢？”

“我不知道。”

“你稍微想一下嘛，贵树。”

即使明里这样要求了，我还是想不出答案，于是我老老实实地说自己真的不明白。

“是樱花花瓣飘落的速度哦！秒速五厘米。”

秒速五厘米，听起来好玄妙啊，我在内心里暗暗感叹。

“哦，明里，你连这个都知道啊。”

明里欢畅地笑起来。

“我还知道更多呢。雨滴的速度是秒速五米，云是秒速一厘米。”

“云？你是说天上的云朵吗？”

“嗯，天上的云朵。”

“云也会落下来吗？不是在天上飘着吗？”

“云也会落下来的，并不是飘在天上。云是小雨滴汇聚而成的，因为体积很大，距离又远，所以看起来像是飘在空中。云的颗粒一边缓慢地向下坠落一边逐渐变大，最后变成雨水或雪花，降落到地面上。”

“……噢。”我情不自禁地感叹一声，抬头眺望天空，然后又转过头来看看樱花树。明里用银铃般的清脆嗓音欢快地说这些给我听，让我觉得这就是宇宙万物的真理。

秒速五厘米。

“……噢。”明里调皮地学着我刚才的口吻，然后突然向前跑去。

“啊，等等我，明里！”我慌忙追上前去。

在那段时光里，我们经常在回家的路上交流从书本和电视上学到的自认为很重要的知识。比如花瓣飘落的速度、宇宙的年龄、银的熔点之类的。我们就像准备冬眠的松鼠拼命储存橡子那样，也像即将出海的航海家努力记住星座的方位一样，不断地收集散落在世界之中的各色各样的闪亮断片。我们把这些断片看作今后人生旅途里必不可少的知识而认真学习着。

是的，那时的我和明里真的知道好多好多的知识。不但知道每个季节星座的位置，还知道在什么方位什么时间可以看到木星，为什么天空的颜色是蓝色，地球上一年四季更替的原因。除此以外，我们甚至知道尼安德特人[1]灭绝的时期，寒武纪里消失的物种的名称。对于遥远广袤时空里的一切事物，我们都怀有强烈的憧憬。尽管现在大部分都已经记不清了，不过我仍然记得当时自己是清楚地记得这些知识的。

2

从初遇明里直至与她分开，只有小学四年级到六年级的

---

1 尼安德特人（Homo neanderthalensis），简称尼人，常作为人类进化史中间阶段的代表性居群的通称。因 1856 年发现于德国尼安德特河谷的人类化石而得名。尼安德特人是现代欧洲人祖先的近亲，从 20 万年前开始，他们统治着整个欧洲和亚洲西部，但在 2.8 万年前，这些古人类却消失了。

三年时光。我和她的境遇非常相似，都随着父亲工作的调动而辗转各地。小学三年级时，我从长野转学到东京，四年级时明里从静冈转到我的班级。转学第一天，站在黑板前的她身体僵硬、表情紧张的模样，至今仍然深深烙印在我的脑海中。那个长发披肩的少女身着淡粉色的连衣裙，双手紧握在身前，从教室窗户射进来的低低的春日阳光，将她肩部以下的身体蒙上一层金光，又将肩部以上笼罩在阴影之中。她由于羞怯而两颊酡红、双唇紧抿，睁得大大的眼眸紧盯着面前的一点。一年前的自己肯定也是和她一样的表情，我这样想着，情不自禁对她产生了亲近感，因此当初是我主动过去和她搭话的，就这样我们很快成了好朋友。

在世田谷长大的同班同学看起来就像小大人，车站前太过拥挤让人透不过气来，自来水的味道相当难喝，能和我分享这些亲身体会的朋友只有明里一人。我们两人那时候都身材矮小，体弱多病，体育课让我们很伤脑筋。比起操场，我俩更喜欢在图书馆里消磨时光，与其和很多人一起在操场上嬉闹，倒不如两个人悠闲地聊天或者静静地读书更加舒服。

当时我住在父亲工作的银行提供的职员公寓里，明里家也是公司的职工住宅，我俩放学回家有一段路是相同的，所以我们自然而然地将对方看作最重要的伙伴，休息和放学后的大多数时间都一起度过。

由于我们经常形影不离，理所当然地就成为同学捉弄的对象。现在回头想想，当时同学的所作所为也不是非常出格的事情，但当时自己还不能灵活应对这些捉弄，所以遭受了一次又一次深深的伤害。我和明里在当时那种处境中，愈发依赖对方。

有一天发生了这样的事情。午休时，从厕所回教室的我看到明里孤零零地站在黑板前。黑板上画着两个人同撑一把伞的图画，还写着我和明里的名字（现在想想其实是很常见的恶作剧）。同学们围在远处窃窃私语，看着呆立不动的明里。她肯定是想制止同学的恶作剧或者想擦掉黑板上的画，所以来到黑板前，可是由于太过难为情而停止了举动。看到明里尴尬的样子，我不由怒火中烧，一言不发地走进教室，抓起黑板擦胡乱擦掉黑板上的画，然后不受大脑控制般一把拉住明里的手，带着她跑出教室。身后爆发出同学们大声的哄笑，我们却恍若没有听见一般继续向前跑着，连我自己都不敢相信我竟然做出了如此大胆的行为。明里的手软绵绵的，柔软的触感令我的心怦怦乱跳，头也晕乎乎的。我有生以来第一次觉得自己对这个世界再无任何畏惧，今后不管遭遇怎样令人不快的事情——肯定会遇到很多，譬如转校、考试、陌生的地方和不熟悉的人——但是只要明里陪在我的身边，我就能忍受所有这一切。虽然当时这种幼稚的情感还称不上是恋爱，但我明确地意识到自己喜欢明里，而且也感觉到明里也怀有和我一样的感情。从我们紧握的双手和奔跑的脚步中，我越来越确信这一点，我强烈地感觉到只要我们拥有彼此，不管前路如何崎岖，都没有什么能让我们恐惧。

和明里共同度过的三年里，这种想法非但没有减退，反而更加坚定。我们决心一起报考离家稍远的一所私立中学，于是两个人一起认真学习，相处的时间也更多了。

也许我们都是心理早熟的孩子，沉浸在只属于我们两个人的世界里，同时把这段时光看作即将到来的崭新中学生活的准备期。等到我们脱离无法和他人融合的小学时代，与其他同学一起站在新的起跑线上时，迎接我们的将会是更加广阔的天地。升入初中之后，我们之间朦胧的情感也会变得更加明确吧，我期待总有一天我们会对彼此表明心迹，说出“我喜欢你”这句话。到那时，我与周围的距离以及与明里的距离，一定会变得更加合适，今后我们一定会更加努力，也会得到更多的自由。

现在回忆起来，那个时候我们拼命交换知识，也许就是因为彼此都有迟早会失去对方的预感吧。虽然我们相互吸引，期盼着能够永远在一起，但是我们都隐隐感到这是不能实现的奢望。这种预感可能是来自经常转学的经历吧，我们害怕总有一天会失去最重要的伙伴，于是拼命地与对方产生交集，留下记忆的断片。

最终，我和明里升入了不同的中学，小学六年级的一个冬夜，明里打来电话告诉我这个消息。

我和明里平时很少通电话，在那么晚的时候（晚上九点左右，对于当时还是小学生的我们来说已经很晚了）打来的电话更是少见。所以当妈妈告诉我是明里打来的，并把电话子机的话筒递给我的时候，我忽然产生了一种不祥的预感。

“贵树，对不起。”电话那端传来明里细小的声音。接下去传来的话让我难以置信，因为是我最不愿意听到的。

“我们不能上同一所中学了……”明里在电话里这么说道，“因为爸爸工作的关系，春假的时候会搬家到北关东的一个小镇上……”明里的声音控制不住地颤抖，似乎马上就要哭出声来。我也不知道怎么回事，身体一下子炽热起来，头脑里却突然变得冰冷。明里究竟在说什么，为什么要对我说这些话，我根本无法理解。

“呃……那，西中怎么办呢？好不容易考上的啊。”我费力地挤出这样一句话。

“我会转学到栃木公立中学……对不起。”

电话听筒里传来汽车来来往往的声音，明里是在公用电话亭里给我打来的电话。我虽然待在自己的房间里，可是指尖却好像能够感受到电话亭里的寒冷空气。我在榻榻米上蹲下身子抱住自己的膝盖，我不知道该怎样回答明里，可是必须得说点什么。

“不，明里你不需要道歉……只是……”

“我和爸妈说想借住在葛饰的姑妈家，去西中上学，可是爸妈说我还太小，不允许……”

我能够听到明里在拼命压抑自己的呜咽声。那一瞬间，我突然不想再听下去了，于是语气强硬地打断了明里的话。

“……我知道了！”脱口而出的同时，我听到明里因为震惊而轻微的吸气声，可是我已经无法阻止自己说下去了。

“够了！”我硬邦邦地说，“够了……”我又重复了一遍，竭尽全力忍住夺眶而出的泪水。为什么……为什么事情总会变成这样。

十秒钟的沉默之后，明里哽咽着艰难地说出“对不起”三个字。我蹲在地上把听筒紧紧地按在耳朵上，我非常清楚，自己的话语已经刺伤了明里的心，却没有什么办法，那时的我还没有学会如何控制自己的情绪。结束了和明里最后一次伤心的通话之后，我仍然蹲在地上保持着抱膝的姿势，很久，很久……

随后的几天，我一直在低落的情绪中度过。那天和明里通电话，我非但没有温柔地安慰比我更加不安的她，还伤了她的心。怀着对明里的愧疚心情，我迎来了毕业典礼，在这种别扭的情况下我和她告别了。毕业典礼之后，明里温柔地对我说："贵树，从今天起我们就要分别了。"我却低着头一句话都没有回应她。我也没有办法啊，因为一直以来，我都依赖着明里度过每一天。我也曾经想要成长起来，但前提是必须明里陪伴在我身边，否则靠自己一个人的力量我无法做到。还只是孩童的我，突然之间被无法抗衡的力量夺走了一切，这让我如何能够保持冷静。就算年仅十二岁的明里没有选择的余地，我们还是不能接受这样的分离方式，绝对不能！

很快初中的新学期就开始了，而我低落的心情还没有恢复。虽然不想面对不习惯的新生活，可是却不得不独自承受。每天一个人去本该和明里共同学习的中学，渐渐地我也结交了一些新朋友，还毅然决然地加入足球部，开始进行体育运动。比起小学时代，初中的生活繁忙许多，这样对我来说反倒更好，因为现在一个人独处，非但不能像以前那样心情愉悦，反而会越发痛苦。所以我尽量和朋友们待在一起，晚上做完作业早早地钻进被窝睡觉，第二天一大早就起来积极地参加足球部的晨练。

明里肯定也和我一样，在新的地方过着忙碌的日子吧。希望她能在时光的流逝中忘掉我这个人，因为最终我给她留下了悲伤的回忆。我应该也会逐渐忘掉明里的吧，毕竟我们两个人在不断地转学经历中，已经学会了怎样忘掉过往。

炎热的夏季来临之际，我收到了明里的来信。

那天我在公寓的集体邮箱里发现了那封薄薄的粉红色信封。当看到寄信人是明里时，我竟然在感到欣喜之前，心头先涌上了疑惑。为什么到现在这个时候她还给我写信呢？在这半年里，我拼命让自己适应没有明里的世界，可如今，一封来自她的信，又让我的心陷入无边无际的孤寂之中。

是的，我拼命地想要忘掉明里这个人，可是越是想忘记她，却越发思念。每当我结交新朋友，和他们待在一起的时候，总是能体会到明里对于我而言，是多么特殊的存在。我把自己关在房间里，将明里的来信看了一遍又一遍。上课的时候，也把信夹在课本里，偷偷地看几眼。阅读了无数遍的结果，是信的每一字每一句都深深地刻在我脑中了。

信的开篇第一句是“远野贵树君”，字体是明里那令人怀念的端正笔迹。

“好久没有联系了，你还好吗？我这边夏天也很热，不过和东京相比凉爽多了。现在想想，其实我也挺喜欢东京闷热的夏季，快要被晒熔化的柏油马路，热浪蒸腾里的高层建筑，百货商店和地铁里让人冻得发抖的冷气，这些都让我喜欢。”

这封模仿大人口吻写的信里画着一些小插图（太阳、蝉、大楼之类的），这让我想象出正在从少女蜕变成大人的明里的样子。信里简短介绍了她的近况，每天乘坐电车去公立中学上学，为了强健身体参加了篮球部，下定决心把一头长发剪短露出了耳朵，这让她自己有点不适应。信里没有提到和我分开后感到很寂寞，只是告诉我她已经顺利融入了新生活，但我能够从字里行间感觉到，明里肯定是思念着我，想和我见面倾诉离别之情的。因为如果不是这样，她根本不会写信给我，而我，也和她怀有一样的心情。

此后，我和明里每月都会互通一次信件。和她通信让我的生活比以前快乐许多，比如说无聊的课程，我可以清楚地告诉自己那很无聊。和明里分别之后开始的艰苦的足球练习、前辈们不讲道理的行为，以及其他辛苦的事情，我现在终于可以坦白地承认这些是辛苦的了。很神奇的是，自从承认这些之后，我变得比从前能够忍耐了。虽然我们从不在信件里发泄不满和牢骚，但是只要一想到世界上还有一个人可以理解自己的心境，我们就会充满勇气。

就这样日子一天天流逝，夏季和秋季过去之后，冬天来临了。我十三岁了，这几个月，我一下子长高了七厘米，体格也变得健壮起来，不像过去那样容易感冒了。我能感觉到自己和这个世界的距离比以前更适合了。明里也应该十三岁了，每当看到身穿校服的女同学，我都会想象，明里现在长成什么模样了呢。有一次明里在来信中说，想和我像小学时那样一起去赏樱花，她家附近有棵高大的樱花树。她这样写道："春天的时候，那里的樱花花瓣大概也是以秒速五厘米的速度，飘落到地面上的吧。"

我再次转学，是在进入第三学期的时候。

搬家的时间是春假期间，目的地是九州的鹿儿岛。这是一个距离九州遥远的岛屿，从羽田机场乘坐两个小时的飞机才能到达。在我看来，鹿儿岛简直就是世界的尽头了。但那时的我已经完全习惯了不断搬家的生活，所以并不觉得难以适应，只是我和明里之间的距离变得更加遥远了。虽然升入初中之后，我们一次都没有见面，但是空间距离并不怎么远。从我居住的东京到明里所在的北关东的小镇，转几次电车三个小时就能到达，仔细想一想，我们利用周末的时间就能见上一面。但是等我搬到日本南端的镇上之后，和明里见面的可能性就微乎其微了。

于是我在给明里的回信里说，想在搬家之前见上一面，并且列举了可供选择的时间和地点，明里很快就给我来信答复了。因为两人都要备考期末考试，而我要为搬家做准备，明里要参加篮球部的活动，所以两人都有空的时间只有期末课程结束后的晚上。查了时刻表之后，我们约定晚上七点在明里家附近的车站见面。定在这个时间的话，我只要放学后不参加社团活动，直接出发就能赶得上，在那里和明里待上两小时左右，然后乘最晚一班的电车回东京的家里，只要能在当天赶回家，父母就不会有意见。虽然需要进行多次换乘，经过小田急线、埼京线、宇都宫线和两毛线才能到达，但只是乘坐普通电车，来回的车票只需三千五百日元便足够了。这笔花费对于当时的我来说，不是一个小数目，但是只要能够见明里一面，花这些钱我心甘情愿。

离见面还有两周的时间，我利用这段时间给明里写了一封长长的信。这是我长这么大以来写的第一封类似情书的信，在信里我描绘了自己憧憬的未来、喜爱的书籍和音乐，还有明里对于我来说是多么重要的人。虽然文笔稚嫩，但是我毫不掩饰地写出了自己真实的感受。具体内容如今已经记不清了，但记得足足写了八页纸，那时我有满肚子的话想要向明里倾诉。我想只要她看到这封信，我就能忍受在鹿儿岛的日子，我想让明里知道我当时的状况，想让这部分片段存在于她的记忆之中。

在给明里写那封长信的几天里，我好几次在梦中见到了明里的身影。

梦中，我化身为一只轻灵的小鸟，在纵横交错的电线覆盖的都市夜空穿梭飞行，奋力拍击着双翅，冲向高楼的上空。我以比在操场上奔跑还要快几百倍的速度，朝着世界上唯一重要的人身边疾飞而去。在鸟儿小小的身体里，充盈着几乎要满溢出来的愉悦感。眼看着地面离自己越来越远，夜风呼呼地吹着，星罗棋布的街道上亮着的街灯犹如漫天星河，流光溢彩。车辆的洪流仿佛城市的脉搏一般鼓动着。很快我飞到了高高的云层，在云海中穿行，皎洁的月光如水般倾泻在云层的表面，给云朵的最高峰洒上通透的青色光亮，此情此景令我感到似乎置身于另外一个星球。能够随心所欲地飞向自己期待已久的地方，这份巨大的喜悦让我覆盖着羽毛的身体剧烈地震颤起来。转瞬之间我已接近了目的地，满心欢喜地急速下降，地面离自己越来越近。我眺望着她居住的土地，那里有一直延伸至天边的田园，稀稀朗朗的住房屋顶，茂密的树林里一道亮光穿行而过，是电车。我自己肯定就是乘这辆电车去见明里。忽然我的目光捕捉到了她的身影，一个留着齐耳短发的少女坐在站台的座椅上等待电车到站。在她的身边矗立着一棵巨大的樱花树，虽然樱花还没有开放，但我能感觉到坚硬的树皮下蕴藏着蓬勃欲发的娇艳气息。片刻之后，少女发现了我的存在，向天空抬起头来。明里，很快我就能见到你了，很快……

3

和明里约定见面的那一天，从清晨开始就下起雨来。阴沉沉的天空像是扣上了一个灰蒙蒙的罩子，细密冰冷的雨滴从空中直直地坠落到地面上。已经近在咫尺的春天像是突然改变了心意折返回去，冬天的寒意又重新笼罩人间。我在校服外面罩上一件深咖啡色的粗呢大衣，把写给明里的信收进书包的最里层，然后就去上学了。估计今天深夜才能到家，于是我给父母留了一张字条，告诉他们我会回来晚一些，不要担心。我和明里的事情父母并不知情，如果事先告知他们，可能就不会允许我去见明里，所以我只能这样做了。

那一整天，上课时我都望着窗外的景色心潮起伏，老师讲的内容一点都听不进去，脑子里想象着明里身穿校服的模样，我和她可能会聊些什么，回忆着她说话时动听的嗓音。是的，虽然那时候的我还没有清晰地意识到这一点，但其实我一直都非常喜欢明里的音色。她说话时，声音伴着空气的震动传来，温柔地抚摩着我的耳朵。一想到马上就能听到她的嗓音，我的身体一下子炽热起来。为了压抑内心激动的情绪，我扭头望着窗外从天而降的雨。

秒速五米，那是雨降落的速度。从教室里向外望去，虽然是白天，但天色晦暗，大楼和公寓里已经有很多人点亮了灯。远处公寓平台上的荧光灯快要熄灭了，时不时地闪一下，灭掉，又闪一下。窗外的雨滴越来越大了，等到傍晚一天的课程都结束的时候，雨滴已经变成了雪花。

放学后，周围的同学都走光了，我从书包里取出信和笔记本。犹豫了一会儿之后，我把信塞进了大衣口袋。无论如何都必须把这封信交到明里的手中，所以得把信放在指尖能够触碰到的地方才能安心。笔记本里记载着电车的换乘路线和乘车时间，我已经确认过几十遍了，但还是不放心地又看了一遍。

首先在豪德寺车站乘坐下午三点五十四分出发的小田急线，在新宿车站换乘埼京线到达大宫车站，然后再换乘宇都宫线，在小山车站下车，换乘两毛线，预计六点四十五分可以到达目的地岩舟车站。和明里约定晚上七点在岩舟车站汇合，正好可以赶得上。我是第一次独自一人乘坐这么长时间的电车，虽然有点胆怯，但我不断给自己鼓劲，没关系，没有什么困难的，我一定可以的。

我从学校昏暗的楼梯上跑下去，在玄关那里打开鞋柜换鞋子。铁门打开时发出的“哐噹”声响，回荡在空无一人的玄关大厅里显得格外大声，我的心脏跳动得更加剧烈。我把早晨带来的伞搁在一边，走出玄关朝天空望去，清晨湿漉漉的空气这会儿已经裹挟上了雪的气味。比起雨水，雪的气味更加透明而锐利，令我本就不平静的心绪越发纷乱。灰蒙蒙的天空中无数的白色雪片飞舞飘零，如果一直凝神细看的话，似乎自己也要被吸入到天空之中去。我急忙戴上大衣帽子，向车站跑去。

独自一人来到新宿车站还是平生第一次。这是我日常生活里不太熟悉的地方，不过在几个月前为了看电影，和朋友一起来过一次。那次我们乘小田急线来到新宿车站，从JR的东检票口走向地面出口时完全辨不清方向。比起那天看的电影内容，这个车站的复杂和混乱，更给我们留下了深刻的印象。

出了小田急线的检票口，为了不迷路，我停下脚步仔细地研究指示牌，找到“JR线车票售票处”所在的位置，然后按照指示的方向快步赶去。被几根立柱撑起的巨大空间的另一端有几十台售票机，我挑了一个人比较少的队伍排着等待买票。前面一个职业白领打扮的女性身上传来淡淡的香水味，不知为何我的胸中涌起难受苦楚的感觉。旁边的队伍移动起来，站在我身边的一个上了岁数的男子，从他的大衣上传来刺鼻的卫生球的气味，令我回忆起搬家时那种难以名状的不安感。周边许许多多人的嘈杂声音充斥着整个空间，引起低低的回响。被雪濡湿的鞋尖冷冰冰的，脑袋也感到一阵晕眩。终于轮到我买票了，可是看着没有按钮的售票机，我困惑起来（那时大部分的车站售票机都是按钮式的）。我偷偷瞅了一眼旁边的人，发现只要用手指直接触碰屏幕就能选择想要的车票。

通过自动检票口，我进入车站内部。视线的尽头树立着几个乘车指示牌，我仔细看着牌子，按照上面的指示在人堆里穿行。“山手外环线”、“总武线中野方向”“山手线内环线”“总武线千叶方向”“中央线快速”“中央本线特快”……一连经过好几个乘车站台，终于来到埼京线上车的地方。途中我看到了车站内部导向图，于是停下来仔细辨认了一下方向。埼京线的乘车站台在车站的最里面。我从口袋里掏出笔记本确认出发时间，又看了看手表（初中入学时父母送给我的黑色 G-Shock）。新宿车站四点二十六分发车，手表的液晶数字显示现在的时刻是四点十五分。还有十分钟，时间来得及。

在埼京线上要乘坐四十分钟，为了防止中途想上厕所，我去了一趟洗手间。洗手的时候，我看了看墙上的镜子，脏污的镜面里反射出被白晃晃的荧光灯照射着的自己。这半年我长高了不少，外貌上应该成熟了一些。不知道是由于寒冷还是因为兴奋，两颊显得红扑扑的，看到自己这副样子，我不由得羞赧起来。明里，我现在就要来见你了。

埼京线的电车里挤满了下班回家的乘客，一个空座位都没有。我学着其他人的样子，把身体靠在车厢的后壁上，时而看看广告和报纸杂志上的标题，时而望一眼车窗外的景色，时而偷偷瞥一眼周遭的乘客。我的视线和心情都无法安静下来，连放在包里的科幻小说都没有心情拿出来翻看。一个坐在座位上的女高中生和站在她面前，好像是朋友的另一个女孩子正在聊天，我断断续续地听到他们交谈的内容。两人都穿着短裙，修长的双腿上套着泡泡袜。

“上次的那个男孩子怎么样啊？”

“谁啊？”

“就是北高的那个啊。”

“哎，我觉得不怎么样啊。”

“才不会呢，是我喜欢的那一型。”

两个女孩子可能是在讨论联谊会上或是别的什么场合认识的某位男孩子。虽说她们并不是在议论我，可我却不知为何害羞起来。摸了摸大衣口袋里的信，指尖感受着纸张的触感，我把目光投向了窗外。电车行驶上了高架桥，这里是我以前从来没有经过的地方。车身摇晃的幅度、行驶时发出的声响都和平时乘坐的那一班小田急线有着微妙的差别。此刻这辆列车正驶向我完全陌生的地方，内心的不安越发浓烈。光线柔和的冬日夕阳，将地平线上的天际染上了一层薄薄的橘黄色。视野所能达到的最尽头密密麻麻地排列着众多建筑物。雪依然下个不停。电车已经离开东京进入埼玉境内了吧，窗外是陌生的景色，但是街道的感觉很类似，中等高度的楼房和公寓矗立在街道两侧。

电车经过武藏浦和车站时，为了给快速电车让道，暂时停了下来。车内播放着通知：“前往大宫方向的乘客请注意，如果您赶时间，请在对面的站台换乘。”一半的乘客从车内蜂拥而出，涌到了对面的站台上，我也下了车跟在人流的末尾。几十条铁道架线延伸出去，雪花纷纷扬扬地飘舞，夕阳偶尔从云堆的间隙里露出一小块面孔，给地面上众多建筑物的屋顶染上一层淡淡的光芒。看着眼前的此情此景，我突然回忆起来，其实很久以来我曾经来过这个地方。

是的，这不是我第一回乘坐这条线路的电车。

在快要升入小学三年级的时候，全家从长野搬到东京，我和父母就是乘坐的这一班从大宫驶往新宿的电车。当时坐在车内的我，看着窗外的风景由刚开始时熟悉的田园风光，逐渐变成了完全陌生的景色，举目四望只能看到一排又一排的建筑物，想到以后就要在这样的环境里生活，心中忽然涌起强烈的不安，眼泪几乎要流下来。一晃五年过去了，我总算是撑到了现在，而让我坚持下去的力量源泉就是明里的陪伴。虽然我还只是个十三岁的小孩，可是有这样的想法并不夸张，同时，我也热切地期盼明里能够和我有同样的想法。

大宫车站虽然不及新宿站，但也是规模巨大的中转站。从埼京线下车之后，我登上长长的楼梯，混杂在拥挤的人流里走向宇都宫线的站台。车站内雪的气味越发浓厚，来来往往人们的鞋子上都沾上了雪水，变得湿答答的。宇都宫线的站台上挤满了回家的乘客，车门的位置处排着长长的队列。我一个人站在离开人堆的地方等待电车进站，反正就算排队也不会有空座位可以坐。这时我的心中突然升腾起一股不祥的预感，就在下一秒，站内广播验证了我的预感。

“各位乘客请注意，由于降雪的影响，宇都宫线、前往小山和宇都宫方向的列车将会晚点八分钟。”

在此之前，我完全没有把电车晚点这一情况放进考虑之中，掏出笔记本，我把上面记载的时间和手表现在的时刻进行比照。按照笔记上的行程，应该在五点零四分乘上电车，可是现在已经五点十分了。寒冷似乎一下子加剧了，我的身体不由得一阵颤抖。两分钟之后，随着一声长长的汽笛声，电车到站发出的亮光投射进站台，可是依然没能让我觉得暖和起来。

宇都宫线比小田急线和埼京线更加拥挤，此时正是大家结束一天工作学习回家的时间段。这辆电车和我之前乘坐的电车比起来显得陈旧，坐席是四人的包厢坐席，这让我想起在长野的时候坐过的当地电车。我站在座位中央的过道里，一只手抓着坐席上的扶手，另一只手插在大衣口袋里。车内开着空调，暖烘烘的，窗玻璃上蒙上了一层水气，四个角上都凝结着密集的水滴。车厢内的人们面露倦容，沉默无语，看上去和这辆被荧光灯照耀着的古旧电车十分的协调。似乎只有我一个人与周遭的环境格格不入，为了消除这种不协调的感觉，我尽量轻轻地呼吸，专注地盯着窗外一闪而过的景色。

窗外的建筑物逐渐稀少，取而代之的是广阔无垠的被白雪覆盖的农田。远处的黑暗之中，稀稀落落的灯火闪着光芒。巨大的铁塔等间距排列，一直延绵到天边的山峰，铁塔上的红色灯光忽明忽暗。远远看去，一座座高大的铁塔就像排列在雪原上的士兵，散发出令人不安的气息。这片地域是我完全陌生的世界，眺望着这样的风景，心中不禁暗暗地担忧，我可能不能准点到达了，可问题是没有能够通知她的办法。那时候手机还不像现在这样普及，初中生很少有人使用手机，而且我也不知道明里新家的电话号码。窗外的雪眼看着越下越大了。

原本一个小时就应该到达换乘的小山车站，可是电车行进得十分缓慢。比起东京都内的路线，车站和车站之间的距离真是令人难以置信的遥远，在每一个车站，电车停车的时间更是令人难以置信的漫长。每回停车的时候，车内总会循环播放广播："各位乘客请注意，由于后续列车延迟，本趟列车在此车站临时停车，给大家造成了不便，非常抱歉，请各位乘客稍稍等待一下……"

我一遍又一遍看手表，心中拼命祈祷千万不要到七点。可是离目的地的距离一点都没有缩短，时间却无情地流逝，表针一点一点地向七点移动。像是被一种无形的力量牢牢捆绑住，我的身体感到一阵阵钝痛。周围好像有一道肉眼看不见的空气栅栏正在逐渐缩紧，将我紧紧束缚在中间。

毫无疑问，我已经赶不上约定的时间了。

七点钟已经到了，可是电车连小山车站都还没有到达，只刚刚行驶到前两站的野木车站。到达和明里约定的岩舟车站，还需要从小山车站换乘后再坐二十分钟的电车。从大宫车站乘上这列列车之后的两个小时里，我一直被无能为力的绝望和焦躁感煎熬着。在我的人生中，从未经历过如此漫长和难耐的时间。现在车内究竟是冷还是热，我已经分辨不清了，唯一感觉到的就是车厢里飘浮的夜的气息，以及中饭之后一点都没有进食造成的空腹感。不知不觉车内的乘客已经没有几个了，站立着的只有我一个人。我在近旁一个空无一人的包厢席上“咚”地一声坐下来，双腿突然传来疼痛和麻痹的感觉，强烈的疲惫感从身体深处泛起，一直传到周身的每一个毛孔，无法消解。我从大衣口袋里取出给明里的信件，直直地凝视着。约定的时间已经过了，明里现在肯定焦急起来。我不禁想起了和她的最后一通电话，为什么每次事情都会演变成这样的结果。

在野木车站整整停车了十五分钟，电车才终于又行驶起来。

电车终于到达小山车站之时，已经过了七点四十分了。我下了车，朝换乘的两毛线站台飞奔而去。那张已经失去作用的笔记被我揉成一团扔进了垃圾箱。

小山车站内部非常宽敞，可是乘客很少。我跑着从站内穿过去的时候，看到在候车广场，几个人围着暖炉坐在椅子上，可能是在等家人开车来接吧。他们看起来那么自然地与周围的环境融合在一起，只有我一个人焦躁地奔跑着。

下了楼梯，穿过一个类似地下通道的场所就到了两毛线的站台。脚下的地面是裸露的混凝土，看起来很朴素。粗大的水泥方形立柱等间距地竖立着，支撑着整个建筑，天花板上好几条管道交错纵横。站台两侧空荡荡的，风呼啸着穿堂而过，发出的“呜呜”低吟声充斥了整个空间。荧光灯发出的苍白色灯光，将这个好似隧道的空洞洞的空间照得朦朦胧胧的，小卖部的卷帘门紧紧地关闭着。周遭的环境让我觉得自己好像置身在一个错误的地点，但站台里还是有几名正在等待电车的乘客。整个空间里，除了立食荞麦面店和两台自动贩卖机发出的淡黄色光芒让人觉得有几分温暖之外，其余的看上去都是那么的寒意逼人。

“由于大雪的缘故，两毛线将会晚点到达，给各位乘客造成了不便，十分抱歉。请在列车到达之前稍稍等待。”一成不变的广播回荡在站台里。为了抵御寒冷，我戴上了大衣上的帽子，把身体靠在水泥立柱背风的一面，一动不动地等待电车到站。彻骨的寒冷从冰冷的混凝土地面一直蔓延到我的四肢百骸。为明里担心的焦急心情、持续夺走体温的严寒，还有胃中刺痛的空腹感交织在一起，让我的身体愈发僵硬。荞麦面店里两个公司职员模样的人正站着吃面，我也想去吃碗荞麦面，但是一想到明里此刻一定也饿着肚子在等我，我不能只顾自己，于是打消了这个念头。不吃面的话，那就喝一罐热咖啡暖暖身子吧，这样想着，我来到自动贩卖机跟前。当我从口袋里掏出钱包的时候，给明里的那封信掉了出来。

如今想来，就算那一天没有发生这件事，这封信究竟能否交到明里的手中都是未知数。不管经过是怎样，最终的结果都不会改变。我们的人生是无数事件的集合，那封信只不过是其中的一个组成部分而已。无论多么强烈的感情，最终都会在时光洪流的洗刷下逐渐褪色暗淡，不管那天是交出了信，抑或是没有交出去。

那天，当我取出钱包的时候，从口袋里掉出来的信被穿堂而过的强风卷走，转眼之间就飞过站台消失在黑沉沉的夜色之中。那个瞬间我几乎要哭出声来，立刻条件反射似的站在原地深埋着头，咬紧牙关，硬生生地逼回了眼泪。最终，罐装咖啡也没有买。

我乘坐的两毛线在驶往目的地的半路上完全停车了。车内广播说："由于降雪的缘故，列车班次时刻混乱，暂时停车，给赶时间的各位乘客造成不便非常抱歉，目前还不能确定何时能够通车。"窗外是一望无际的原野和黑暗夜色里飘飞的漫天大雪，大风不断吹打着窗框，发出"咔嗒咔嗒"的声响。为什么车非要停在空旷的原野里呢？我完全无法理解。看了看腕上的手表，现在超过约定的时间已经整整两小时了。今天一天，我看了几百次手表了，我不愿再目睹时间一分一秒过去，于是把手表摘下来，放在窗边的小桌子上。此刻我已经束手无策了，只能祈祷电车早点开动。

——"贵树君，最近还好吗？"明里在给我的信中这样写道，"因为早晨要早早起来参加社团活动，所以这封信是在电车里写的。"

从明里的来信中想象出的她，为什么总是给我孤独的感觉呢？而我，也和她一样总是处于寂寞之中。虽然在学校里结交了很多朋友，可是像现在这样用帽子遮住面孔，独自一人坐在空荡荡电车里的我，才是我原本的样子。电车中虽然开着暖气，但是在乘客稀少的空间里，深入骨髓的寒意却始终盘桓不去。该怎么形容这种感觉才好呢——如此残酷的时间，我以前从来没有经历过。在宽敞的包厢席的座椅上，我把身体紧紧缩成一团，咬紧牙关忍住快要溢出的泪水，死命地和折磨我的时间对抗。一想到在寒冷车站孤零零地等待我的明里会多么地无助和心慌，我就焦急得快要发狂。明里，不要再继续等下去了，还是回家去吧，我在心里这样恳切地期盼着。

但是明里肯定会在那里一直等下去的。

我非常清楚这一点，这种确信让我悲伤痛苦得无法自拔。窗外始终不变的是下个不停的漫天飞雪。

4

电车重新启动是在两个多小时之后了，当我到达岩舟车站时已经是晚上十一点多，超过约定的时间四个多小时。对于当时的我来说，这完全是深夜时间了。迈出车门的时候，鞋子深深地陷进柔软的积雪里，发出轻微的声响。狂风此刻已经停息了，无数的雪粒从空中缓慢地、静静地、垂直地降落到地面。站台两边既没有墙壁也没有栅栏，向旁边看去就是无边无际的雪原。远处城镇的灯光只有零零星星的几点。四周万籁俱寂，只能听到电车引擎发动的声响。

我穿过一个小小的天桥，来到检票口。从天桥上可以看见车站前的城镇。还亮着灯火的人家寥寥无几，皑皑白雪覆盖下的城镇悄无声息。我把车票交给检票口的工作人员，进入用木质结构的车站内，随即看到里边有一个候车室。一走进去，一股暖气伴着煤油暖炉那令人怀念的气味立刻将我包围起来。此时此刻，眼前的情景令我的胸腔深处猛然涌起一阵热浪，为了控制自己的情绪，我闭上了眼睛——然后再慢慢地睁开，一个少女正低着头坐在暖炉前的座椅上。

她纤细的身体包裹在雪白的大衣里，第一眼看去我还以为是个陌生人。我慢慢地走近她，试探着喊了一声“明里”，声音嘶哑得简直不像自己的声音了。她有点吃惊地缓缓抬起头，朝我看过来。真的是明里！她大大的双眼里泪汪汪的，眼角有些泛红。比起一年前，她看上去成熟了不少，面庞在昏黄色的炉火辉映下显得格外的美丽，比我见过的任何一个女孩子都更加楚楚动人。我的心脏犹如被指尖轻戳了一下，一种无法言说的痛楚向心口袭来，这种感受我以前从来没有体验过。我的目光无法从明里的面孔上移开，她眼眶里蓄积的泪珠眼看着越来越大，我就像在审视一件无比珍贵的宝物那样，眼睛一眨不眨地凝视着她。明里猛地抓住我大衣的衣角，将我向她拉近了一步。当我看到她的泪水滴落在紧拽衣角的白皙手上的那个瞬间，我再也抑制不住决堤而出的情感，哭泣起来。摆放在暖炉上的水盆里的水沸腾了，发出柔和的“咕噜咕噜”声，在狭小的候车室里回响着。

明里用保温杯装了茶带给我，还亲手做了便当给我吃。我们并排坐在暖炉前的椅子上，装便当的包裹放在我俩中央。我喝着明里带来的茶，茶水还是热的，散发出阵阵芳香。

“真好喝啊。”我从心底里发出赞叹。

“是吗？只是普通的焙茶呀。”

“焙茶？我第一次喝呢。”

“骗人，你以前肯定喝过。”虽然明里这样说，我还是觉得自己是生平头一回喝到这么好喝的茶，于是我问道：“是这样吗？”

“肯定是这样的。”明里笑笑地答道。

明里的嗓音和她的外表一样，比我记忆中要成熟一些。她说话的语气里混杂着温柔调皮和略微羞涩的感觉。听着她的声音，我原本冻僵的身体一点一点感到了温暖。

“现在吃这个。”明里一边说着一边打开便当的包裹，揭开食盒的盖子。一个食盒里装着四个大大的饭团，另一个里面是色泽各异的菜肴。小汉堡、炸牛排、煎鸡蛋、樱桃番茄、西兰花，每一种都各两份，摆放得整齐美观。

“这些是我做的，不能保证味道如何……”明里一边这样说着，一边把装便当的包裹折叠起来，放在一边，然后羞涩地说，“你尝尝看吧。”

“谢谢……”我好不容易才发出声音，胸膛里又一次有热流喷薄而出，眼泪都快要夺眶而出。觉得这样的自己很丢人，于是拼命地忍住泪水。看到面前的食物我才想起自己一直还没吃东西，就急忙说：“我肚子好饿，饿得要命！”明里开心地笑起来。

饭团沉甸甸的，我张开嘴咬了一大口，嚼着嚼着眼泪差点又要流出来。为了不让明里发现我的窘态，慌忙低下头去。饭团比我吃过的任何食物都更加美味。

“这是我所吃过的食物中最好吃的。”我坦白地说道。

“太夸张了吧。”

“真的。”

“一定是因为肚子饿了。”

“是吗……”

“是的啊，我也一起吃。”明里快乐地说着，也拿起一个饭团。

我们两人一起吃起便当，无论是小汉堡还是煎鸡蛋，都是惊人的美味。我把自己的感受告诉了明里，她害羞地笑起来，然后又有点自豪地说：“放学之后，我回了一趟家做的，跟妈妈学了一点。”

“你出门前和妈妈怎么说的？”

“我留了个字条说不管多晚今天一定会回家的，请不用担心。”

“我也是这样。但是明里的妈妈肯定会担心的。”

“嗯……不过没关系的，做便当的时候，妈妈问我‘是给谁做的？’我只是笑了笑没有回答，妈妈看上去很开心的，她肯定都知道。”

我很想问明里，你妈妈都知道什么呢？可是怎么都问不出口，我只能大口吞咽着食物。吃完两个分量很足的饭团，我马上就饱了，满足感充满了我的整个身体。

小小的候车室被柔黄色的朦胧灯光照耀着，被暖炉烤着的膝盖暖洋洋的。我们已经忘记了时间，一边喝茶一边尽情地聊天，谁都没有考虑回家的事情。虽然我们没有把自己的心情说出来，但是互相都能明白对方的心意，想要相互倾诉的话语说也说不完。这一年因为没有对方的陪伴而多么孤独，见面之前是如何地思念对方，虽然没有用直白的话语直接表达，但我们还是用行为间接地暗示出来。

当车站工作人员“咚咚”地敲着玻璃窗提醒我们时间的时候，已经是深夜十二点多了。

“车站马上要关门了，现在已经没有电车了。”

我通过检票口时检查车票的就是这位上了年纪的工作人员。原以为他会对我们发脾气，但是没想到的是，他微笑着用带有地方口音的语调温和地说：“看你们聊得这么开心，我都不忍心打断你们。但是车站必须得关门了，雪又下得这么大，你们还是回家吧，路上小心点。”

我们向工作人员道谢后走出了车站。

岩舟的街道被大雪覆盖了厚厚的一层，雪依然下个不停，但不可思议的是，天空和大地都是白茫茫一片的这个午夜的世界，竟然丝毫不让我觉得寒冷了。我们心情雀跃地并肩走在雪地里。现在我的身高比明里要高出几厘米，这一点让我觉得很骄傲。街灯发出苍白色的光辉，犹如聚光灯一般把我们面前的雪地照亮。明里快乐地朝那块明亮的地方跑去，我出神地望着比记忆中成熟不少的她的背影。

明里决定带我去看她在信中提到的樱花树。我们步行了十分钟就来到空无人烟的广阔田地里，这里完全没有人工照明，只有雪地反射出淡淡的微光，给周边的风景笼上一层朦胧的光芒，看上去仿佛精致的工艺品那样美丽。

那棵樱花树孤零零地伫立在田间小道边，高大而粗壮。我俩站在树下，仰头望向天空。雪花从漆黑的夜空中，穿过交错盘桓的枝干无声地飘落到地面。

“看，真像雪花一样啊。”明里这样说。

“是啊。”我回答道，光阴似乎倒转回樱花盛开的明媚春季，明里正站在飘飞的樱花瓣中对我展露笑颜。

那个深夜，在那棵樱花树下，我和明里把彼此的初吻交给了对方，一切发生得是那么自然而然。

当我们的嘴唇触碰到一起的瞬间，我恍然间感悟到，永远、心和灵魂究竟是什么。我好想把十三年来经历的所有事情都和明里分享，可紧接着，下一个瞬间，无尽的悲伤将我淹没。

明里的温暖和她的灵魂，我该带到何处，又该如何面对呢？我都完全不知道。对我无比重要的明里就在我的面前，她的一切都在这里，可是我却不知道该怎样做。我清清楚楚地明白，今后我们可能没有办法在一起了，横亘在我们面前的是过于巨大的人生和渺茫无尽头的时间——但是，刹那间向我袭来的不安最终慢慢地融化在明里的温柔里。身体其余的感觉都消失了，唯有她嘴唇的触感还残留在我的感官里。那种柔软和温暖是世界上任何其他事物都无法比拟的，是独一无二的吻。即便现在回忆起来，在我的人生之中，那样纯粹、喜悦、真切的吻也只有那么一回。

那晚，我俩在农田旁边的小仓库里过夜。那间木头结构的小屋子里堆放着各种各样的农具。我们从架子上抽出一块旧毛毯，脱掉湿漉漉的大衣和鞋子，两个人裹着一条毯子偎依在一起，小声地聊了很久。明里大衣下面穿的是水手服，而我穿的是学生制服。我们俩不再是孤独一人了，这让我们感觉非常的快乐。

裹在一张毛毯里说话的我们时不时肩膀会互相碰到，明里柔软的发丝会扫过我的面颊和脖子。那种细微的触感和她秀发散发出的芳香令我情绪高昂，但是仅仅感受到明里的体温就已经让我满足了。每回说话的时候，明里呼出的气息柔柔地拂动我额前的刘海，而我的气息也会令她的发丝轻轻晃动。窗外的云层逐渐变得稀薄，月光透过薄薄的玻璃窗流泻进小仓库里，给屋内笼罩上一层梦幻般的光晕。我俩聊着聊着，不知何时沉入梦乡。

醒来的时候是第二天早晨六点，雪不知在何时已经停止了。我们喝掉还留有余温的焙茶，穿上大衣走向车站。晴空万里无云，从山脊那边冉冉升起的朝阳照耀着白茫茫的田园，整个世界充满了金灿灿的光辉。

周六大清早的站台上，除了我俩再没有别的乘客了。被涂成橘黄色和绿色的两毛线电车沐浴着朝阳，通体闪着光芒驶进车站。车门打开，我走进车厢，扭回头看向站台上的明里。十三岁的她身穿雪白的大衣，纽扣没有系上，露出里面的水手服。

——突然之间我意识到，我们马上就必须回到自己的地方，从此以后又要孤零零一个人。

明明直到刚才我们还说了那么多的话，还感觉到两人是那么的亲近，可为什么就要突然分离呢？不知道此刻该说什么好的我只能沉默无语，还是明里率先开口说话。

“贵树君……”

我只能发出“嗯”的一声。

“贵树君……”明里又重复了一遍我的名字，然后垂下头。她身后的雪原在朝阳的照射中，宛如泛着粼粼波光的湖面一样闪着炫目的光芒。在这样的背景衬托下，她显得惊人的美丽。明里仿佛下定决心似的抬起头，直视着我的眼睛继续说下去。

“贵树君，今后一定也没问题的，一定！”

“谢谢……”就在我终于开口回答的时候，车门关闭了——就这样离开可不行，我还有好多话必须说给明里听。隔着关闭了的车门，我大声地喊起来。

“明里你也要好好的，我会给你写信的！还会打电话！”

在那一瞬间，我听到遥远的空中传来一声尖锐的鸟鸣。电车启动了，我俩的右手隔着车门玻璃重叠在了一起，虽然由于车辆的前行很快就分开了，但是有那么一瞬间，确实是重合在一起的。

在返程的列车上，我一直站在车门前。

我没有告诉明里我写了一封很长的信给她，但是最终弄丢了。因为我认为今后肯定还会再见面的，而且和明里的初吻让我觉得世上的一切都变得跟以前不一样了。

我站在车门前，轻轻地把右手覆在明里触摸过的玻璃上。

“贵树君，今后一定也没问题的。”明里这样对我说。

好像被她说中了什么——虽然我自己也不太清楚究竟是

什么——却不可思议地产生了这种感觉。同时我还预感到，在遥远的将来，明里的这句话会成为支撑我走下去的力量。

不管未来怎样，至少现在我想拥有足够守护她的能力。

我在脑中一直这样想着，目光久久地注视着车窗外的风景。

第二章　宇航员

1

刚刚升上地平线的旭日，给周围的水面洒上一层金色的波光。天空蓝得不带一丝杂质，肌肤感受到了海水的温暖，身体无比轻盈。我一个人漂浮在闪耀着光芒的大海中，觉得自己是一种特别的存在，心被幸福的感觉填满，尽管现在的我面临许多问题。

像此刻这样，不假思索立刻就产生幸福感这件事本身，就是诸多问题的根源吧。虽然这样想着，我仍然心情雀跃地划动双臂迎向下一波海浪。清晨的大海怎么会如此的美丽啊！缓缓起伏的波涛、难以言喻的绚丽色彩。我着迷地望着眼前的美景，想要乘着冲浪板冲上高高的海浪。在身体被海水的浮力托举起来的瞬间，我试图在冲浪板上站起来，可是刚一立起身子，我就失去平衡沉入了浪底。又失败了，鼻子里吸进了一点海水，有些呛人。

这就是我面临的诸多问题之一，最近半年里，我一次都没有能够在海浪上成功站立起来。

从沙滩走一段上坡路就到了停车场，说是停车场，其实就是一个杂草丛生的广场。我走到高高的杂草丛里，脱掉防晒衣和泳衣，用水管里的自来水冲洗赤裸的全身，然后擦干身体换上校服。周围一个人都没有，热乎乎的身体在海风吹拂下感觉十分惬意。短短的还不及肩膀的头发只过了一会儿就被吹干了。朝阳把杂草的剪影清晰地投射在我白色的水手服上，任何时候的大海都令我心驰神往，而这个季节早晨的大海尤其吸引我。如果是冬天，从海里上来换衣服的时候特别寒冷难耐。

在干燥的嘴唇上涂唇膏的时候，我听到姐姐的“Step Wagon”（步威）汽车驶来的声音，我抱起冲浪板和运动包，向车的方向跑去。身穿红色运动服的姐姐打开驾驶席那边的车窗冲我说道。

“花苗，怎么样啊？”

我的姐姐是个美人，披肩长发直直垂下，性格沉稳大方，头脑聪慧，在高中当老师。曾经我不喜欢这个大自己八岁的姐姐，经过自我分析，我认为之所以会这样，原因是优秀的姐姐令平凡的我感到自卑，但是现在我喜欢她。姐姐大学毕业回到岛上的时候，我忽然对她产生了敬佩之情。如果姐姐不穿土气的运动服，换上可爱的服饰，会看起来更加漂亮。但是如果过于美丽的话，在这个小岛上就太引人注目了。

“今天也没成功，一直是逆向风。”我把冲浪板装进行李厢，回答道。

“别着急，慢慢来，放学后也要来吗？”

“嗯，想来的。姐姐时间上没有问题吧？”

“可以，但是学习也不能放松哦。”

“知——道啦！”

我故意拖长声音回答着，朝停车场角落里停放着的摩托车走去。学校指定的“本田 Super Cub”是驾车技术娴熟的姐姐不骑摩托车后送给我的。在这个没有电车，公交车线路也不发达的小岛上，大部分高中生一到十六岁就拿到摩托车的驾照了。骑摩托车出行很方便也很舒服，但是无法带上冲浪板，所以每回去海边都是姐姐开车帮我的。冲浪结束后我们两人一起回学校，我去听老师讲课，而姐姐是去教课。启动汽车的时候我看了一下手表，七点四十五分，没事，他肯定还在练习。我跟在姐姐的汽车后面，骑着摩托车离开了海岸。

受姐姐的影响开始练习伏式冲浪是在高中一年级的时候，练习的第一天我就完全被冲浪的魅力俘虏了。姐姐大学时代在冲浪部的活动根本不时尚，只是大量的体育训练（最初的三个月一直进行冲浪的基础训练，从早到晚练习划水和在浪底穿行）。但是也不知为什么，能够奔向宽广浩淼的大海，对我而言是一件非常美好的事情。到了高二时，我已经能够熟练地进行趴板冲浪了，在某个晴朗的夏日，我突然想尝试在波浪上站起来。为此我必须学会短板或长板冲浪。随大流的我认为还是短板更符合冲浪的感觉，于是就改练短板了。刚开始练习的时候，偶然有几次成功地站起来了，之后不知为何再也没能在冲浪板上站起来过。我考虑过放弃难度大的短板，重新练习趴板冲浪，但又想既然决定练短板了，就得坚持下去。在犹豫不决之中，我升入了高三，一转眼就又迎来了夏季。不能在短板上站立起来，这是我的烦恼之一，而第二个烦恼，正在前方等着我。

“啪”的一声清脆的响声，混合着早晨鸟儿的啼叫声传进我的耳朵。这是箭射穿纸靶子时发出的声音。现在是八点十分，我紧张地站在校舍的阴影里。刚刚我躲在校舍边上偷偷探出头来观望了一下，如往常一样，射箭场上只有他一个人。

他每天清晨都会一个人练习射箭，而我之所以早晨就来练冲浪，他是一个重要的原因，因为我也想和他一样，对一件事投注自己的热情。他全神贯注地拉弓射箭的样子拨动了我的心弦。我不好意思靠近他仔细看，怕被他发现，只能像现在这样，站在相隔一百米的地方目不转睛地注视着。

我拍了拍裙子，把水手服的衣角轻轻拉平整，做了个深呼吸。对！一定要自然一些！自然！然后朝射箭场走去。

“早上好。”

如同平时一样，他看到走近的我就中断了练习，向我打招呼。呀，他沉稳有磁性的音色听起来是那么温柔。

我的心怦怦乱跳，但是努力装出平静的样子慢慢地向他走去，显得自己只是顺路经过射箭场边而已。然后我尽量不动声色地回答道。

“早上好，远野君，今天你也来得很早啊。”

“澄田也来得很早呢，去海边了吗？”

“嗯。”

“真努力啊。”

“啊……”出其不意被他夸奖，我吓了一跳。糟了，我现在肯定连耳朵都红了吧。

“没，没有啦……呵呵，那再见了，远野君。”我开心又害羞地急忙跑开。

“啊，再见。”温柔的声音从身后传来。

这就是我的第二个烦恼——我暗恋他，已经有五年了。他的名字叫做远野贵树。再过半年我们就高中毕业了，所以能和他在一起的时间仅剩下半年。

此外，烦恼之三就体现在桌上摆着的一张纸上。现在是八点三十五分，正在进行师生谈心。我模模糊糊听见班主任松野老师在说“该是做最后决定的时候了，和家人好好商量一下。”那张纸上写着“第三次志愿调查”，应该怎么填写志愿呢？对此我一筹莫展。

十二点十五分，午休时教室里播放着旋律熟悉的古典音乐。不知为何一听这首曲子，我就想到在冰上滑行的企鹅。这首曲子究竟和我头脑中的什么记忆有关联呢？曲名是什么呢？我想了一会儿就放弃了，开始品尝妈妈做的煎鸡蛋便当，真是鲜美啊。味觉得到享受，幸福的感觉在心中徐徐地蔓延开来。

我和小佑、咲子三个人把桌子拼在一起吃中饭，两人从刚才开始就一直谈论填志愿的事情。

“佐佐木好像要考东京的大学。”

“你说的佐佐木是杏子吗？”

“不是的，我说的是一班的。”

“啊，文艺部的佐佐木啊，她成绩很好的！”

听到她们说到一班，我莫名地紧张起来，因为正是远野君的班级。我们的高中一个年级有三个班，一班和二班是普通科，其中一班都是志愿升入大学的学生。三班是商业科，毕业后大多进入职业学校或是工作，而且绝大多数都选择留在岛上。我就在三班里面，远野君好像要报考大学，他是不是想回到东京啊？我这样担心着，连煎鸡蛋都突然失去了美味。

“花苗你呢？”小佑忽然问我，我不知如何作答。

"是准备工作吗?" 咲子也追问。

"嗯……" 我含含糊糊地应答一声。究竟该怎么填志愿好呢，我自己也搞不懂啊。

"你还真什么都没考虑啊?" 咲子吃惊地说。

"她呀，满脑子只想着远野君呢，" 小佑在一旁说道。

"他在东京肯定有女朋友。" 咲子接过话头说。

我不由得大叫起来："怎么可能!"

两个人吃吃地笑起来，我隐秘的心思暴露了。

"你们别再说了，我去买酸奶。" 我气鼓鼓地说着站起身来。虽然是开玩笑，但"远野贵树在东京有女朋友"这种说法在我的心上重重地敲了一击。

"啊，你还喝啊！？已经是第二盒了。"

"就是觉得口干了。"

"真不愧是冲浪少女。"

我不顾这两人的调侃，独自走上微风习习的走廊，瞥见墙上挂着的几幅镜框，那是火箭升空瞬间喷射出巨大浓烟的图片。《H2 火箭 4 号机发射，平成 8 年 8 月 17 日 10 点 53

分》、《H2 火箭 6 号机发射，平成 9 年 11 月 28 日 6 点 27 分》……据说每次火箭发射成功，NASDA（宇宙开发事业集团）的人都会过来挂一张图片。

我已经亲眼见过好几次火箭升空的场景。拖着白烟冲上天空的火箭，在岛上的任何一个地方都能清清楚楚地看见。说起来，近几年好像都没有见过火箭升空了。不知道来这个岛上仅五年的远野君有没有看到过呢，如果何时能和他一起看就好了。如果他是第一次看到，一定会被震撼到的。如果两人共同拥有这种经历的话，我们之间的距离一定会拉近一些的，但是高中生涯只剩半年而已，还能有机会看到火箭升空吗？对了，到毕业为止我能站在短板上冲上浪尖吗？虽然我很想让远野君看到我冲浪的样子，可是绝对不能在他面前露出窘态，一定要展现出我最好的一面给他看——就只剩半年了。不不，远野君毕业后留在岛上的可能性也不是零，如果他留下的话机会还是有很多的，我也会选择在岛上工作。可是我却无法想象他真的会一直待在岛上，因为我总是隐隐约约地觉得这个小岛不适合他。

……就是这样，我的诸多烦恼以远野君为中心时时扰乱我的心绪，尽管我知道，不可能一直这样烦恼下去。

所以我下定决心，当我能站立着冲上浪尖的时候，我就要向远野君表白。

晚上七点过十分。刚刚蚱蝉发出的“知了知了”的喧嚣鸣叫不知何时变成了夜蝉“咔奇咔奇”的叫声，再过一会儿就会变成蝈蝈发出的“啯啯”声了吧。天色已经暗淡下来，但夕阳的余晖还残留在天边，给高高的云层镀上一层金色。一直仰望天空的话，可以发现片片云彩向西边缓缓飘移而去。刚才在海里的时候，风还是逆向的——从海上吹来的风，波浪的形状并不好，但这会儿的风向却适合冲浪。可是无论是怎样的风向，我都没有在海浪上站立起来的自信。

我躲在校舍的阴影里向停车场望去，那里已经没剩几辆摩托车了，校门附近也看不到学生的身影。这个时间点各社团的活动都已结束。我放学之后练完冲浪，再次返回学校，躲在校舍的阴影处等待远野君出现在停车场上（回过头想想，连我自己都觉得有点害怕呢），今天他会不会已经回去了呀，要是早些从海边回来该多好，我懊恼地想着，但还是打算再等一会儿。

冲浪的问题、远野君的问题、志愿的问题，虽然这是眼下要考虑的三大难题，但其实问题远不止这三个。比如，晒黑的皮肤。我并不是天生皮肤黑（大概是这样），可是，无论涂多少防晒霜，我的肤色都比任何一个同学黑得多。姐姐安慰我“因为你在练习冲浪，晒黑点是很正常的”，小佑和咲子也说这样的肤色很健康，很可爱，但我总觉得比自己喜欢的男孩子皮肤还黑是致命的缺点，远野君的皮肤是白皙而光洁的。

还有就是总也长不大的胸部（不知为什么，姐姐的胸部就很大。我们的 DNA 明明是一样的啊）。差到没救的数学成绩、穿衣品位的欠缺、过分健康从来不感冒（这样一点也不可爱），其他还有很多很多，总之我的问题堆积成山。

把这些悲惨的事实一一罗列出来也无济于事，我这样想着，又飞快地偷窥了一眼停车场，绝对没有错，从远处走来的人影正是他。太好了！等在这里果然是正确的！我的判断力真是强啊！迅速做了一个深呼吸之后，我装作若无其事的样子向停车处走去。

“咦，澄田，现在才回去？”他的声音还是那么温柔。在停车处灯光的照射下，他的样子渐渐清晰起来，修长挺拔的身材、稍长的垂到眼睛的头发、一如既往的沉稳步伐。

“嗯……远野君也是才回去？”我的声音有些颤抖。啊，真是的，快平静下来啊。

“是啊，那就一起回去吧。”

——如果我和小狗一样有尾巴的话，现在一定会欢快地摇个不停吧。啊，幸好我不是小狗，如果有尾巴的话，我隐秘的心思就会全部被他知晓了。我对自己忽然冒出这样的想法感到很吃惊，不过，能和远野君一起回家，让此刻的我幸福得无以复加。

我们沿着甘蔗田中间的小路一前一后骑着摩托车行驶。看着前面远野君的背影，我真切地品味到了幸福的滋味，胸膛最深处涌上一股热流，如同冲浪时跌入海里呛水时一样，鼻子里泛起一阵酸楚，我也说不清楚为何这种幸福的感觉与悲伤如此相似。

从一开始，远野君就和别的男孩子有些不一样。初中二年级的春天，他从东京转学到这个名为种子岛的小岛。初二开学典礼那天他的样子至今仍旧历历在目，笔直地站在黑板前的陌生男孩既不羞赧也不紧张，端正的面庞上挂着沉稳的笑容。

“我叫远野贵树。由于父亲工作的关系，三天前从东京搬来，虽然已经习惯转学了，但对这个岛还不熟悉，请大家多多关照。”

他说话的节奏不紧不慢，语调流畅而平稳，发音标准的普通话令我陶醉，他就像在电视里出现的人一样。我要是处在他的立场——从超级大都市转学到偏僻的乡村（而且还是孤岛），或者反过来的话——肯定会满脸通红，大脑一片空白，由于口音和大家不同而紧张得语无伦次。他明明和自己同样岁数，为什么就能这般镇定，好似台下一个人都没有。

他之前究竟是过着怎样的生活？身穿黑色学生制服的他，内心世界到底是怎样的啊？——我从来没有如此强烈地渴望获知某种答案。在那一瞬间，我坠入了宿命般的恋爱中。

从那之后，我的人生起了翻天覆地的变化，无论小镇、学校还是现实生活都围绕着他展开。上课时、放学后，甚至在海边遛狗的时候，我的视线总是在搜寻他的身影。乍一看去很酷的他，其实性格很爽朗，很快就结交到许多朋友，而且完全不像小孩子那样只局限于同性，因此，我也在合适的时机和他交谈过几次。

虽然升入高中以后班级不同了，但能在同一所高中就是个奇迹。其实在这个岛上也没多少高中可供选择，凭他的成绩，无论进哪所高中将来的升学都不成问题，所以就选了个离家近的学校吧。进了高中后，我依然如初中时一样暗恋他，这种心情五年之中不仅没有淡化，反而日益加深了。虽然也幻想过成为对他而言特殊的存在，但是说实话，光是抱有喜欢他这种想法就已经很吃力了，我不敢想象如若和他交往会是怎样。在学校或是小镇上，每次搜寻到远野君的身影，喜欢的情感就加深一点，这令我既害怕又痛苦，却又感到开心，自己也不知道该如何是好。

晚上七点三十分。回家路上我们在一间名为“Eye Shop”的便利店里购物。我和远野君每周大约有零点七次一起回家的机会——也就是说，运气好的时候每周一次，运气差的时候大约两周一次。在不知不觉中，回家路上顺便去“Eye Shop”成了我们固定的路线。虽说是便利店，每晚九点就会关门，店里卖花种，还有附近老婆婆种的带泥土的萝卜，糕点的品种也相当丰富。店内播放着有线电台流行的J-POP音乐，天花板上一排荧光灯发出白晃晃的光，将狭小的店内照得亮堂堂的。

远野君要买的东西是决定好的，每次都毫不犹豫地拿起纸包装咖啡。我却总是犹豫不定，左思右想“买什么才会显得可爱一些”。和他一样也买咖啡的话会显得对他有所企图（实际上就是有企图），买牛奶的话会给人俗气的感觉，果汁的包装黄澄澄的，挺可爱呢，但味道不怎么好喝，黑醋饮料我很想品尝一下，但好像显得有点粗野。

正当我磨磨蹭蹭的时候，远野君对我说“澄田，我先走了”，向收银台走去。啊，这样可不行，好不容易才能待在他的身边。我慌忙拿起经常喝的酸奶。这是今天的第几盒了？第二节课后买了一盒，午休的时候又喝了两盒，这是第四盒了，我身体的二十分之一都是酸奶构成的吧。

走出超市拐了一个弯，我看到远野君靠在摩托车上用手机发短信，于是急忙藏到邮筒后面。天色已经昏暗，唯有随风飘动的云彩还留有夕阳赤红的余晖。马上整个小岛就会被黑沉沉的夜幕完全笼罩。四周充满了甘蔗摇摆的声音和昆虫的鸣叫，不知从哪户人家飘来晚饭的香味。由于天色太暗，我无法看清他的表情，只有手机的液晶屏在黑暗中发出亮光。

我努力装出明朗的表情走向他。感觉到我走近，他很自然地把手机放回口袋，温柔地对我说：“澄田你回来了，买了什么？”

“嗯，犹豫了一下，最后还是买了酸奶。这是今天的第四盒了，我厉害吧。”

“啊，不会吧，你这么喜欢酸奶？说起来，澄田你确实经常喝呢。”

说话间，我的意识转向了放在自己运动包中的手机上。要是远野君发短信的对象是我该多好啊，我的心中又浮现出这个幻想过无数次的愿望。但是他从来没有给我发过短信，所以我也无法发短信给他。我一直有一个强烈的想法，那就是，不管别人能不能做到，至少我自己，不管在今后的人生中会和什么样的人约会，和那个人在一起的时间里，眼里都只注视他一个人，绝对不看手机，不让他产生“她心里想的不是我，而是别的什么人”这样的不安。

夜空中星星开始闪烁光芒，我和这个我喜欢得无法自拔的男孩子交谈着，暗暗做出了这样坚定的决定，尽管此时我难过得几乎要哭出来。

2

今天的海浪高且多，可是风向不太好，很多浪都被破坏了。下午五点四十分，放学后的我来到海边，已经尝试了好几十波海浪，可没有一次能冲上去。当然，在那些被风破坏后泛起白沫的波浪上，谁都可以轻易地站起来，可是我希望的却是冲上海浪的最高峰。

我奋力地划着水，眼睛却呆呆地望着大海与天空。今天的天空明明云层很厚，可为什么看上去那么高远呢。云朵倒映在大海里，海水随着云层厚度的改变，每时每刻都变幻着色彩。划水时，我的视线距离海面仅有数厘米，眼前的海面变化多端，呈现出各种面貌。我急切地渴望在浪尖上站起来，好想知道从一百五十四厘米的高度看到的海面会是怎样的面貌。在我看来，无论绘画技巧多高超的人都无法到位地描绘出我现在看到的大海，照片也不能逼真地反映出来，就算是摄像也绝对是不行的。

在今天的信息课上学习的二十一世纪高清影像，是由横向一千九百个光点构成的，这已经是十分惊人的高清晰度了，但即使这样也肯定不行。眼前的景象，即使用一千九百乘以一千的几百万点阵也无法完全展现出来。“这样的高清影像已经足够漂亮了”，在课堂上这样说的老师、高清影像的发明者以及电影制作者真的是这样认为的吗？置身于这般美景中的我自身，从远处看起来也是很美丽的吧，如果远野君能看到这样的我就好了，我在心里默默祈祷着，这时，今天在学校发生的事情一下子浮现在脑海里。

午休时间，和往常一样，我和小佑、咲子一起吃午饭，忽然校内广播里传出这样的通知：“三年级三班的澄田花苗同学，请马上来学生指导室。”其实我明白为什么会叫我去，但那一瞬间我首先想到的是广播可能被远野君听到了，这多丢人啊，姐姐估计也听到了。

宽敞的学生指导室里，负责志愿指导的伊滕老师坐在桌前，他的面前摆放着一张纸。那是我只写了名字就交上去的志愿调查表。窗外知了大声地叫着，宣告着炎夏的到来，房间里面却十分凉爽。天上的云彩快速地移动着，阳光时而射进屋内，时而又消失不见。今天刮的是东风，海上的波浪一定很多吧，我一边这样想着，一边坐到老师对面的座位上。

“……这个，整个年级还没有做决定的只有澄田你了。”伊滕老师故意叹了口气，不耐烦地说道。

“对不起……”我只喃喃地说了这一句，不知道接下去该说什么好，只能一直沉默着。老师也一言不发，屋子里静悄悄的。

＜请在1—3问符合的选项上画圈＞

我无奈地盯着眼前这张油印有些模糊的纸张。

1. 大学（A. 四年制大学 B. 短期大学）

2. 专科学校

3. 就业（A. 地区 B. 职业）

大学那一项后面还有国立、公立和私立的选择，接下去列着一长串专业名称：医学、齿科、药科、理科、工科、农业、水产、商学、文学、法律、经济、外语、教育。短期大学与专科学校也一样列出了很多专业：音乐、艺术、幼儿教育、营养、服饰、计算机、医疗、护士、烹饪、美容、旅游、传媒、公务员……光是看这么一堆选项就让人头晕眼花。而就业一项里还有地区的选择：岛内、鹿儿岛县内、九州、关西、关东、其他。

我的视线在“岛内”和“关东”这两个选项上来回移动——东京，我从来没去过，也从没想要去这个地方。对我来说，一九九九年现在的东京，有暴力团体横行的涩谷、贩卖贴身内衣的女高中生、都内二十四小时不断发生的犯罪活动，以及安装着用途不明巨大银球的富士电视台大厦，以此楼为代表，东京到处都是这种大得夸张的高楼大厦。接着浮现在脑海中的画面是，身穿夹克衫的远野君与腿上套着泡泡袜、皮肤白皙、头发染成褐色的女高中生手挽手走在一起的情景。我急忙关上想象力的闸门，制止自己胡思乱想，此时又传来伊藤老师沉重的叹息声。

“其实就是这样的，也不是什么好烦恼的事情吧，以你的成绩来看，要么上专科或短大，要么就是就业。父母如果同意的话就去九州的专科或短大，不同意的话就在鹿儿岛就业，这样不就行了。澄田老师对你说了什么吗？”

“没有……”我小声嘟哝着，又陷入了沉默。一连串的念头在心中翻滚叫嚣。这个人为什么故意用广播叫我啊？还在我面前提到姐姐。为什么他要在下巴上留胡子？为什么穿拖鞋呢？午休赶快结束吧，我着急地期盼着。

“澄田，你不说话可不行啊。”

“对……对不起。”

“今晚和你姐姐好好商量一下，我也会和她说的。”

为什么这个人总是做让我讨厌的事呢，我纳闷地想着。

奋力划水的我看到前方一个大浪溅起白沫，犹如一个巨大的滚筒翻滚着向我靠近。在即将撞上的前一秒，我猛然按下冲浪板，潜入水中，从波浪中穿过去。今天的波浪果然特别多。我重复着海豚式划水，想划到更外面的地方去。

——不是这里。

在这里不行，得划到更外面的地方去。我拼命划动手臂，感觉到海水沉甸甸的。不是这里，不是这里——我的心中犹如念咒语一般反复念着这句话。

我突然意识到，这句话和远野君的身影完全重叠在一起。

时常会有这样的一瞬间，每当我迎向波浪时，就仿佛成为了超能力者，能突然领悟到以前没有觉察到的事情。放学后的便利店旁、空无一人的停车场、早晨的校舍后面，待在这些地方给某个人发短信的远野君，我能听到他心里发出的“不是这里”的呐喊。远野君，这些我都明白，因为我也感觉得到你不属于这里。心里想着“不是这里”的不仅仅只有远野君你一个人啊。远野君、远野君、远野君——我在心中一遍又一遍地呼唤着，身体以不太标准的姿势被波浪托起，在努力想站起来的那一瞬间，我和坍塌下去的波浪一起被猛然打进海里，呛了好几口海水。我慌忙浮出水面，紧紧地抓住冲浪板剧烈地咳嗽起来，被呛得涕泪横流的我内心酸涩，恨不得真的大哭一场。

在返回学校的车里，姐姐没有提起关于志愿的事。

晚上七点四十五分，我蹲在便利店的饮料柜台前面。今天只有我一个人，虽然在停车场等了一段时间，但远野君没有出现。今天一天什么事情都不顺利。最终我还是买了酸奶，靠在便利店旁边的摩托车上，将甘甜的液体一饮而尽，然后戴上头盔，跨上摩托车。

我行驶在高岗的小路上，侧眼望着还有一丝亮光的西边地平线。在我的左手边，下方的城镇可以一览无余。视野穿过森林可以一直眺望到遥远的海岸线。右手边是被农田隔开的小山丘，在这个地势平坦的小岛上，此处视野开阔，是观赏风景的绝佳场所，也是远野君回家的必经之路。如果骑慢一些的话，也许他会从后面追上来，但可能他已经先走了吧。发动机忽然发出一阵噪音，停止了运转，接着很快又像什么都没发生过似的恢复了原样。这辆“本田 Super Cub”的车龄已经可以算是老婆婆了。正当我喃喃自语“Cub，你没问题吧”之时，停在前方路边的一辆摩托车映入了我的眼帘。是他的车！我无比确信，于是我把车停在他的车旁边。

几乎是在无意识的状态下，我开始沿着高岗的斜面向上登，脚下用力踩着柔嫩的夏草。糟糕，我现在究竟在做什么呀，必须强迫自己冷静下来。那是他的车没错，可我这样一厢情愿地靠近他，究竟想要做什么啊。为我自己着想的话，这样主动凑上去肯定不好，可我就是无法停下脚步。跨过长满夏草的台阶，在视野的另一端出现了他的身影。他正背朝星空静静地坐在高岗顶端，仍然如往常那样用手机发短信。

似乎是为了让我心旌摇曳，一阵风儿呼地吹过，吹动我的发丝和衣摆，四周的草地发出沙沙的声音。与这种声音相呼应，我的心开始扑通扑通地狂跳起来，我故意噔噔地用力迈步登上斜面，发出很大的声响，以此掩盖自己的心跳声。

“嗨！远野君！”

“啊，澄田？你怎么来了，竟然知道这个地方啊。”远野君露出些许惊讶的神色，然后大声地向我打招呼。

“呵呵……我看到远野君的车停在这里，就过来了！可以吗？”我一边回答着，一边朝他快步走过去。这样子不算什么，不会让他怀疑的，我自我安慰着。

“哦，是这样啊，你来了我真高兴，今天在停车处没能遇到你。”

“我也是！”我尽量用充满活力的声音回应他，然后放下肩上的运动包，坐到他的身边。高兴？你真是这么觉得吗，远野君？我的心脏突然一下一下地刺痛起来，每次来到他所在的地方都会这样。“不是这里”——这句话一瞬间划过我的心房。西边的地平线不知不觉中完全被黑暗吞噬了。

风越刮越大，高岗下延伸至远方的城镇里闪烁着星星点点的灯光。依稀可见的学校里还有几处电灯亮着，国道沿线的黄色信号灯一闪一灭，一辆汽车从灯下驶过。镇上体育设施里的巨大白色风车飞快地旋转着。满天的云朵快速流动着，云缝里露出银河与夏夜大三角的光影，织女星、牛郎星、天津四。风拂过耳畔发出“呼——”的声响，草木和塑料棚在风中发出沙沙的声响，和此起彼伏的虫鸣声混杂在一起。一阵阵大风逐渐平复了我的情绪，四周充盈着绿草的清香。

望着这样的风景，我和远野君肩并肩静坐着。心脏的剧烈鼓动已经平息了，能如此靠近他，感受着他肩膀的高度，这令我欣喜不已。

“远野君准备考大学吗？”

“嗯，准备考东京的大学。”

“东京……这样啊，我也觉得你会这样的。”

“为什么？”

“因为我总觉得你会去很远的地方。”我这样说着，为自己还能保持镇静感到吃惊，我原以为亲耳听到远野君说要去东京，会眼前一片昏暗。沉默了片刻之后，他用温柔的声音开口说道。

“……是吗，那澄田你呢？”

“啊，我吗？我连明天的事都不清楚呢。”我老老实实地回答，远野君，听到我这么说你一定会吃惊吧。

“也许，不管是谁都会这样的。”

“啊，不会吧，远野君也是这样？”

“当然。”

“可你看起来一点都不迷茫啊！”

“怎么可能。”他淡淡地笑了笑，继续说道，“我总是很迷茫，只是尽量完成能力范围之内的事情，其他就没办法应付了。”

我的心咚咚地跳得很快。坐在我身边的这个男孩子原来也会迷惘困惑啊，而且还愿意把他的心思讲述给我听，这让我激动万分。

“……是吗，是这样啊。”

我这样说着，扭头飞快地瞥了一眼他的面孔。正凝视着远方灯火的远野君，看起来就像一个无助的小孩。此时此刻，我对他的喜爱之情愈发强烈。

——对了，最重要且最明确的事就是这个，就是我喜欢他这件事。所以，从他的话语中，我能够汲取无穷无尽的力量。他能够存在于这个世间，让我发自内心地想要感谢某些人，比如他的父母，又比如神明。我从运动包里取出志愿调查表，开始折叠起来。风不知不觉中停止了，绿草的沙沙声和昆虫的鸣叫也安静下来。

“……这是，纸飞机？”

“嗯！”

我把折好的纸飞机朝城镇的方向扔出去。纸飞机一直朝前飞，竟然飞到了很远很远的地方，中途被急风卷到高空，在黑夜之中消失了踪影。层层叠叠的云朵缝隙间，银白色的星河清晰可见。

“你怎么这么晚才回来，快去洗澡，不然会感冒的。”在姐姐的催促声中，我哗啦一声跳进浴缸，用热水擦洗双臂。手臂上的肌肉硬邦邦的，很结实，按纤瘦的标准来看粗壮了一点——不，是很多，如果自己的手臂能像软糖一样软乎乎的就好了啊。但是，端详着平时让自己感到自卑的手臂，我这会儿却一点都不在乎。此时我的心情就和泡在热水里的身体一样暖和而舒畅。高岗上和远野君的对话、他沉稳平和的声音、分别时对我说的话，现在依然萦绕在耳畔，一回想起这些，雀跃的情绪就传遍全身。我知道自己脸上泛起了红晕，照这样下去可危险了啊，我在心里这样想着，不由得轻启双唇小声地唤出“远野君”。这个名字在浴室中甜蜜地回响着，溶进了氤氲的水汽中。今天真是美妙的一天啊，我沉浸在幸福的回忆中。

我和远野君在回家的路上看到了缓慢行驶的巨型拖车。光轮胎就有我一个人那么高，牵引车拖着足有游泳池那么长的白色货厢，货厢上炫耀似地用很大的字写着“NASDA/宇宙开发事业集团”。这样的拖车有两台，前后排列行驶着若干辆轿车，手持红色引导灯的人们一起向前行走着。这是在运送火箭，虽说以前听到过，但是亲眼看到还是头一回。用轮船运到某个港口，然后再这样慎重而缓慢地，花费一个晚上的时间运送到岛南端的发射基地。

“据说时速是五公里。”我以前好像在哪里听说过拖车的搬运速度，于是告诉远野君。“啊，是吗？”他听到我这么说，愣住了。我们都出神地看了好一会儿，这是平日里很难遇到的情景，我做梦都没想到能和远野君一起看到这种罕见的景象。

在那之后不久就下起了雨，是夏季常见的突如其来的倾盆大雨。天空仿若一个倾倒的水桶，暴雨如注。我们急忙骑上摩托车朝家里赶去。我的车前灯照亮了前方远野君湿透的后背，那一刻，我感觉和他比以前更接近了一些。我家在他回家的途中，所以每次一起回家的时候总是在我家门口与他道别。

“澄田……”临别之际，他拉起头盔的面罩对我说道。雨势渐增，从我家窗口射出的昏黄灯光照在他湿漉漉的身体上，透过紧贴身体的衬衫，他的身材线条影影绰绰地显现出来，我的心如小鹿乱撞。一想到自己的身体也是这样的吧，我的心跳得更快更乱。

“今天实在抱歉，害你被雨淋。”

“千万别这么说！这不是远野君的错，是我自己过来的。”

“不过，能和你说说话真好。那明天见，小心别感冒了，晚安。”

“嗯，晚安，远野君。”

晚安，远野君。我在浴缸里轻声地说着。

洗完澡后，晚饭是炖牛肉、炸舞鲷鱼和间八鱼刺身。非常好吃，我让妈妈一连帮我添了三碗饭。

“你真能吃啊。”妈妈一边说着，一边把饭碗递给我。

“能一下子吃三碗饭的女高中生，除了你就没有别人了。”姐姐吃惊地说。

“我肚子饿了嘛……啊，对了，姐姐。”我把炸舞鲷鱼塞到嘴里，一边津津有味地嚼着，一边问姐姐。

“今天，伊滕老师对你说什么了吗？”

“嗯，是说了。”

“对不起，姐姐。”

“不用道歉，慢慢考虑再决定吧。”

“什么，花苗，你做了什么挨老师批评的事情了吗？”妈妈一边给姐姐的茶杯里倒茶，一边问我。

“也没什么大事啦，那个老师有些神经质。”姐姐若无其事地替我回答了。有这样的姐姐真好啊。

这天晚上，我做了个梦。

那是捡到 Cub 的梦。“Cub”并不是指我的那辆本田 Cub 摩托，而是我家养的柴犬的名字。小学六年级的时候，我在海边捡到了它。当时，我很羡慕姐姐拥有 Cub 摩托车，所以给捡到的小狗起名为 Cub。

不过，在梦中我不是小孩子，而是和现在一样是十七岁的少女。我抱着幼小的 Cub，行走在异常明亮的沙滩上。仰望苍穹，天空中没有太阳，只有满天繁星闪耀着炫目的光芒。红色、绿色、黄色，五颜六色的恒星流光溢彩，绚丽的银河如巨大的光柱横贯整个夜空。我疑惑地想，竟然有这样的地方吗？突然，我察觉到有人从遥远的地方走过来，那是一个我极其熟悉的身影。

对今后的我而言，那个人注定将是非常重要的存在，不知何时变成孩童模样的我这样想道。

对过去的我来说，那个人曾经是非常重要的存在，不知不觉中又变成和姐姐一样年龄的我这样想道。

醒来的时候，我已经忘记了那个梦。

3

“姐姐，你是什么时候拿到汽车驾驶执照的？”

“大学二年级的时候，应该是十九岁吧，那时还在福冈。”

驾驶汽车的姐姐在我的眼中相当性感。扶着方向盘的纤纤玉指、在朝阳下反射出光彩的如瀑乌发、看后视镜时的神情、换挡时的手势都那么魅力非凡，从敞开的车窗吹进来的风，把姐姐秀发的香气带到我的鼻端。明明我俩使用的是同一款香波，可我总觉得姐姐的头发更加好闻。我不自觉地扯着制服的裙摆，“姐姐，”我一边说一边看着坐在驾驶席上的她的侧脸，姐姐的睫毛好长啊，“我记得几年前你带过一个男人回家，好像是叫木林吧？”

“啊，他叫小林。”

“那个人怎么样了？你们以前是在交往吗？”

“怎么突然问这个？”姐姐有点惊讶，“很久以前就分手了。”

“那时候打算和他结婚吗？和那个叫小林的。”

“有段时期是这么打算的，不过中途打消了这个念头。”姐姐笑着回答，神情中流露出一丝怀念。

“哦……”

为什么要打消念头呢？我忍住这个疑问，转换了另一个问题。

“你那时候伤心吗？”

“这个啊，毕竟是交往了许多年的人，还曾经一起住过。”

车子左转进入通向海岸的细长道路。朝阳直射进车窗，湛蓝的晴空万里无云。姐姐眯起眼睛，放下遮阳板，连这么一个动作在我看来也特别有女人味。

“不过现在回过头来想一想，我们两个人那时候并不是强烈地想要结婚的。这样的话就算交往下去，也找不到心灵的归属，或者说我们两人没有共同的目的地。”

"嗯。"我点了点头，虽然还是不太明白。

"一个人想去的地方，和两个人想去的地方是不一样的。不过，那个时候我们竭力想达成一致。"

"嗯……"

想去的地方——我在心中反复咀嚼着这句话。不经意间向路边望去，盛开的野生麝香百合与金盏花花团锦簇，炫目的白色与黄色，和我的束身衣是一样的颜色，真漂亮啊，花儿也很了不起呢，我感叹着。

"怎么突然问我这个？"姐姐扭过头来看着我问道。

"嗯……其实也没什么。"

我终于问出了一直想问的问题。

"姐姐，你在高中时候交过男朋友吗？"

姐姐听到我的问题，笑了起来。

"没有啊，和你一样。"姐姐回答道，"花苗，你真像高中时候的我啊。"

那个下雨的日子和远野君一起回家之后，又过了两周，在这期间岛上刮过一次台风。摇动甘蔗的风中带有了些微寒气，天空更加高远，云的轮廓变得柔和了，许多骑摩托车的同学穿上了薄薄的夹克衫。在这两周里，我一次也没能和远野君一起回家，同样我也没能在海浪上站立起来。不过，最近我觉得冲浪比以前更加有趣了。

“姐姐。”

我一边在冲浪板上涂着防滑蜡，一边和坐在驾驶席上看书的姐姐说话。车还是和平时一样停在海岸边的停车场，我换上束身衣。现在是早晨六点半，在去学校之前的一个小时里，我可以去海中冲浪。

“嗯——？”

“是填志愿的事。”

“嗯。”

我坐在车窗打开的“Step Wagon”的后备厢上，和姐姐背对背说话。遥远的海面上停泊着灰色的类似军舰的大型船只，那是 NASDA 的船。

“虽然我现在还不知道该怎么做才好，不过没关系，我已经决定了。”

涂蜡完毕，我把肥皂一般的块状物放到一边，不等姐姐答话就继续说道。

“我要从力所能及的事情开始一件一件地做，我走了。”

说完，我抱着冲浪板，心情雀跃地冲向大海——只是尽量完成能力范围之内的事情，我想起远野君那天说过的这句话。

此刻的我清清楚楚地知道，现在我只能这样做，而且只要这样做就足够了。

天空和大海一样湛蓝，我觉得自己仿佛飘浮在空无一物的空间里。为了游得更远一些，我不断双手划水和采用海豚式泳姿。在游向大海深处的过程中，我感到心灵与身体、身体与海洋的界限模糊了。一个个海浪朝我涌来，我几乎是无意识地估量着海浪的形状与距离，如果判断自己不行，就将身体和冲浪板一起按进水中，穿过海浪。如果觉得没问题，就迅速回转身体，等待海浪的来临。很快，我感受到了冲浪板被波浪托起的浮力。接下来将发生的事让我万分期待，我朝着波峰冲去的同时直起上半身，双脚紧紧踩住冲浪板，提高重心，尝试着站立起来。视野一下子升高了，世间神秘的光辉在这一瞬间尽收眼底。

在下一个瞬间，我会被海浪吞没。

但是我已经知道，这个巨大的世界并没有拒绝我。从远处看——比如，从姐姐所在的方位看的话，我被闪闪发光的海洋包含在其中。所以，我再次划水冲向海浪，我尝试了一次又一次，在这期间，脑中全无其他杂念。

在这天清晨，我竟然在海浪上站立起来了，成功来得太突然，简直让我难以置信，却又完美得让人无法挑剔。

如果短短十七年也能称作人生的话，我想，我的人生就是为这一瞬间而存在的。

我知道这首曲子，是莫扎特的《小夜曲》，初一的音乐会上我们全班合奏过，当时我负责键盘口琴。这是一种把类似软管的东西含在嘴里，一边吹气一边弹奏的乐器，我很喜欢用自己的力气吹奏出声音的感觉。那时候，我的世界里还没有出现远野君，也还没开始练习冲浪，回想起来，那是多么简单的世界啊。

Serenade 是小夜曲的意思，我一直不明白“小夜”究竟指什么。但是和远野君一起回家的那个傍晚，我似乎体会到了“小夜”的意境。今天这首曲子，就像是专门为了我俩而播放的。我不由得情绪高涨，远野君，今天一定要和你一起回家。放学后不去冲浪，直接等着他吧，今天只有六节课，因为快考试了，社团活动的时间也很短。

“……苗。”

嗯？

“喂，花苗。”

是咲子在和我说话。十二点五十五分，是午休时间，教室里的喇叭中传出轻柔的古典音乐，我和咲子、小佑三人像往常一样一起吃午饭。

“啊，抱歉，你刚才说什么？”

"你在发什么呆啊，饭塞到嘴里就没嚼过。" 咲子说道。

"而且还不停地傻笑呢。"有希子也跟着说。

我急忙开始咀嚼塞进嘴里的煮鸡蛋，真好吃。

"抱歉抱歉，你们刚才在聊什么？"

"又有男孩子向佐佐木告白了。"

"哦，是吗，她长得漂亮呗。"我一面说着，一面把龙须菜熏肉卷塞到嘴里。妈妈做的菜真的很美味。

"花苗你今天看起来很开心啊。" 咲子说。

"嗯，觉得有点可怕呢，要是远野君看到你这样子的话，一定会被吓跑的。"小佑说道。

今天我对她们的调侃一点儿都没放在心上，只是不在意地回了一句，"是吗？"

"这孩子今天明显有问题啊。"

"是啊……难道说，和远野君发生什么了吗？"

"哼哼——"我回了她们一个意味深长的微笑。准确地说，应该是将要发生些什么。

“啊，不会吧！”

两人同时吃惊地大叫起来。值得这么惊讶吗？

我不能一直把暗恋他的心思掩藏起来，在海浪上站立起来的今天，我终于要对他表白了。

是的，如果今天都无法对他表露心意的话，将来也永远都说不出口。

下午四点四十分，我在走廊上的女卫生间里，看着镜子中的自己。第六节课在三点半结束，我没有去海边，而是一直待在图书馆。学习是肯定没有心情了，我托着腮帮，眺望窗外的风景。洗手间里十分安静。不知不觉中我的头发变长了啊，我看着镜子中的自己这样想到。后面的头发已经可以碰到肩部了，上初中之前，我的头发比现在更长，进了高中开始练习冲浪之后，我把头发一下子剪短了。当然，进入姐姐担任教师的高中就读也是原因之一。别人把我和长发飘飘的美女姐姐做比较，这让我觉得很难为情。不过，以后就让头发慢慢变长吧。

镜子中映出的，是我被太阳晒得红扑扑的脸蛋儿，远野君眼中映出的我又是什么样的呢？眼睛的大小、眉毛的形状、鼻梁的高度、嘴唇的光泽、身高、发质以及胸部的大小，尽管仍旧有些失望，我还是凝视着镜中的自己，逐一审视自己身上的每一个部位。牙齿的整齐程度、指甲的形状，不管是什么都好——我祈祷着自己身上能有某个地方让他喜欢。

下午五点三十分，在停车场里，我和往常一样躲在校舍的背后。夕阳西沉，校舍的斜长投影将地面分割为光与影两块区域。我所在的位置靠近两者的边界，刚刚好在影的边缘。天空还是明亮的蓝色，但与白天相比颜色稍微淡了些。刚才还充斥在树木之间的蚱蝉鸣叫安静了下来，取而代之的是脚下的草丛中响起的各种昆虫的叫声。我的心脏剧烈狂跳，发出不逊于外界声响的鼓动声，血液在周身的血管里奔流着。为了让自己平静下来，我开始做深呼吸，可是，由于实在太紧张了，我好几次忘了呼气，等到猛然意识到这点，再重重地将气呼出，呼吸的不规则让心脏跳得更激烈了——

今天如果无法说出口的话就没机会了，今天无论如何都要说出口。在无意识之中，我从墙边向停车处偷偷窥视了一次又一次。

因此，当我听到远野君叫我“澄田”的时候，比起欣喜，我更多感觉到的是迷茫和焦虑，我拼命忍住不让自己“呀”的一声惊叫出来。

“现在回家吗?”发现我在墙边窥视的远野君和平时一样，迈着沉稳的步伐从停车场向我走近。我像是做了坏事被发现一样，“嗯”了一声，向停车处走去。“是吗，那就一起回去吧。”他的声音还是一如既往的温柔。

晚上六点，我们并肩站在便利店里的饮料柜台前，夕阳从朝西的窗子直射进来，照耀在我们身上。由于往常总是天黑了才来，所以这会儿我产生了来到另一家店的错觉，心里惴惴不安起来。左颊感受着夕阳的余热，我在心里想着，这并不是小夜曲啊。外面还很明亮，今天的我已经决定好要买的东西了，和远野君一样选择了咖啡。看到我毫不犹豫地拿起咖啡，远野君吃了一惊：“啊，澄田，今天这么快就决定好了啊？”我没有看他，只是回答了一声“嗯”。必须告诉他我喜欢他。在到家之前。心一直怦怦乱跳，但愿店里播放的流行音乐能掩盖住我的心跳声。

便利店外面，世界被夕阳分成了光和影两部分。从自动门出来的时候还在光明之中，从便利店外拐个弯，停放摩托车的小停车场却处在阴影之中。我注视着单手拿着纸包装咖啡、走进阴影世界的远野君的背影，他那白色衬衫包裹下的背部比我宽阔许多，只是看到这些心中就一阵阵刺痛，对他的恋慕让我焦躁不安。离走在前面的他原本只相距四十厘米，突然距离又增加了五厘米，心中忽地涌起强烈的孤寂感。等一等，我在心中着急地呐喊着，伸出手抓住了他的衬衫衣角。糟了！但是，现在我想向他表白心意。

他停下了脚步，过了好一会，才慢慢转回身来看着我——“不是这里”，我仿佛听到他在这样对我说，我的身子颤抖了一下。

“——你怎么了？”

我的心灵深处再一次震颤起来。他的声音平静、温柔而冰冷。我不由自主地紧盯着他的面孔，看着他没有一丝笑意的脸，以及充满坚定意志的平静双眼。

结果，我什么都没能说出来。

什么都不要说，他的神情已经强烈地拒绝了我。

“咔奇咔奇咔奇……”夜蝉的鸣叫声回荡在小岛之中，遥远的树林那边，依稀传来准备迎接夜晚到来的鸟儿们的高亢啼叫。马上就要完全没入地平线的夕阳给踏上归途的我们染上一层奇异的紫色。我和远野君走在甘蔗和红薯地之间的小路上。从刚才开始，我们就一直沉默，只有两个人单调生硬的脚步声回荡在耳边。我努力使自己不离他太远，也不靠得过于近，始终和他保持着一步半的距离。他的步伐很大，我担心他是不是在生气，于是偷偷瞅了一眼他的脸，不过，他的表情和平时一样，只是抬头望着天空。我低下头，看着自己投在柏油路面上的影子，忽然想起了搁在便利店那边的摩托车。并不是故意把车丢弃在那里，可我心中产生了一种类似后悔的情绪，觉得自己做了一件残酷的事情。

强忍住告白的话语之后，就像受到我的心情影响一样。摩托车的引擎发动不起来了，无论怎么按启动装置，怎么踢，发动机都毫无反应。我焦急地拨弄着车子，远野君跨坐在车上温柔地等待着，好像刚才那种冰冷的表情从来没有在他脸上出现过，这让我有些混乱。

“大概是火花塞到使用寿命了吧。”远野君查看了一遍我的车后，对我说，“这是别人用过送给你的？”

“是的，姐姐给我的。”

“加速的时候有没有停顿？”

“好像有……”说起来，最近发动机经常很难启动。

“今天就把车停在这里吧，之后再让家人来取，我们走路回去吧。”

“啊！我自己一个人走就可以了！远野君你先回去吧。”我慌忙说道，我不想给他添麻烦。

尽管如此，他依然很温柔地说："到这里离家已经很近了，而且我也想走走路。"

不知道什么原因，我突然想要哭泣。看着凳子上并排摆放着的两盒纸包装咖啡，那一瞬间，我几乎认为他先前的拒绝只是我的错觉，可是——

那不可能是错觉。

为什么我们要一直沉默不语地走着呢？明明每次都是远野君你先提出要一起回家的啊，可为什么你一句话都不说呢？为什么你总是对我这样温柔？为什么你会出现在我的面前？为什么我会这般喜欢你？为什么？为什么？

夕阳余晖照耀下闪闪发光的柏油路面在我的脚下模糊起来，远野君，拜托你了，我再也无法忍受。不行了，泪水控制不住地从眼眶中滑落。我用双手擦拭泪水，可是无论怎么擦，泪珠仍然扑簌簌地掉个不停。一定要在他发觉之前停止哭泣，我拼命抑制住哽咽声。可是，他肯定会发觉的，而且会用温柔的声音对我说话——事实果然如此。

“……澄田，你怎么了？”

对不起，不是你的错，我竭力想说点什么。

“对不起……没什么，对不起……”

我停下脚步，低着头哭泣不止，我再也忍不住了。“澄田……”我听到远野君用悲伤的声音在喊我的名字，这是迄今为止他对我说过的话语中最饱含情感的一句话。感受到他语气中的悲伤，我的心里愈发难过。夜蝉的鸣叫声比刚才更嘹亮，我在心中呼喊，远野君，远野君，求你了，请你——

——不要再对我这么温柔了。

在这一瞬间，夜蝉的叫声如同退潮一般突然停止，整个岛屿陷入一片寂静之中。

下一个瞬间，巨大的轰鸣声响起，连大气都似乎在震颤。我惊愕地抬起头，泪眼模糊中看到，远处的丘陵上升腾起一个火球。

那是发射升空的火箭，喷射口发出耀眼夺目的光芒，推动火箭开始上升，整个小岛的大气都好像在震颤。火箭喷出的尾焰让晚霞发出比太阳更明亮的光辉。火箭笔直地向高空飞去，光芒下端的白烟宛如一座高塔直插云霄。巨大的烟塔遮挡住夕阳，将天空分割为光与影两块区域。光芒和烟塔一直延伸到无尽的高空，振动着遥远上空的每一处大气粒子。轰鸣的余音弥久不散，如同天空被撕裂时发出的悲鸣一般。

从火箭升空直至消失在云间，只有短短的数十秒。

可是，直到高耸入云的巨大烟塔完全消散在风中，我和远野君都一句话也没说，只是一动不动地站在那里望向天空。终于，鸟儿、昆虫和风的声音又响了起来，夕阳已然坠入地平线。天空从上方开始，蓝色逐渐加深，点点星辰闪烁，肌肤感受到的温度稍微有些下降。突然，我清楚地领悟到。

我们仰望着同一片天空，目光却看着不同的地方，同时我也明白了远野君并没有注视着我。

远野君总是很温柔地走在我的旁边，却一直看着我的前面，看着更加遥远的地方，我对他的情意是永远不可能得到回应的。现在的我，就像超能力者一般清楚地知道，将来我们不可能一直在一起。

走在回家的路上，一轮银盘似的圆月悬挂在夜空中，将天空照得如同白昼时一样明亮，随风流动的浮云被染上一层青白色的光辉。我们两人在柏油路面上投下黑色的影子。抬头望去，电线从满月的正中央横贯而过，就好像今天这一天发生的事情一样。无法站立着冲上海浪的我、成功站立后的我；不知道远野君心思的我、知道后的我。昨天和明天，我的世界决不再是同一个。从明天开始，我将生活在和以前截然不同的世界里，可即使这样……

即使这样，在电灯熄灭的房间里，我裹着被子，看着流泻进黑暗房间里的如水月光，眼中再次溢出泪水，视线中的月光越来越模糊。泪水不断涌出，我开始小声抽泣。涕泪放肆地流下，我再也忍不住了，放声大哭起来。

即使这样。

即使这样，明天、后天、以及将来，我喜欢远野君的心永远不会改变，因为我已经无法自拔了。远野君，远野君，我喜欢你。

脑海中一直想着远野君，最终我在泪水中睡着了。

第三章　秒速五厘米

1

那天晚上，她做了一个梦。

梦中她回到了很久很久以前，那时她和他都还只是小孩子。在雪花无声飘落的寂静深夜，一望无际的田园被皑皑白雪覆盖，远远能望见农家零星的灯光，堆积起来的新雪上，只有两人走过留下的足迹。

在那里挺立着一棵高大的樱花树，看上去比周围的夜色更浓重更幽暗，就像空间中突然裂开的一个深邃的洞穴。两人在树前静静地伫立着，凝视着延伸向四面八方的深色树干和枝丫，还有从枝干间缓慢落下的无数雪花。看着看着，她开始思考将来的人生。

她非常清楚，而且也已经接受了这一事实，这个站在她身边一直支持着自己的男孩子，这个她最喜欢的男孩子即将去遥远的地方。从几周前接到他的信，知道他要转学开始，她就一遍又一遍地反复思考这件事对她意味着什么，但即便如此——

即便如此，一想到再也感觉不到站在身边的他肩膀的高度，一想到将要失去他温柔的气息，一种仿佛被深不见底的黑暗吞噬般的不安和寂寞感就会向她袭来。梦中的她想，这明明是很早以前就已经平复的感情了，可为什么现在会感到如此鲜明清晰呢——所以，她幻想着，如果纷纷扬扬飘舞的雪花变成樱花瓣该多好啊。

现在就是春天该多好，我们平安地度过记忆中的那个冬季，又迎来了春天，住在同一个城市里的我们像往常那样在回家的路上欣赏樱花，如果现在是这样的季节该多好啊。

那天晚上，他在房间里看书。

躺在床上，已经到了新一天的开始了，可是依旧睡不着，于是从床头堆积的书中随意抽出一本，一边喝着罐装啤酒一边读起来。

寒冷而安静的夜晚。他打开电视代替背景音乐，调小音量，深夜剧场的外国影片正在播放。透过半开的窗帘，可以看到无数街灯和不停飘落的雪花。从午后开始降雪，接着变成雨，然后又化作雪，直到太阳落山雪珠才逐渐增大，开始了真正意义上的降雪。

发现自己无法集中精神读书，于是他关上了电视机。这下周围变得过于安静了，电车已经停驶，外面没有车辆驶过的声音和风声。他能清晰地感觉到，一墙之隔的户外雪花落下的声息。

忽然，一种仿佛被某种温暖的东西守护着的记忆复苏了。在思考产生这样感觉的理由时，他想起了很久很久以前的那个冬天看到的樱花树。

……那是多少年前的事了？是初中一年级结束的时候吧，到现在已经十五年了。

一点睡意都没有，他叹了口气合上书，一口气喝光罐底剩余的啤酒。

三周前，他从工作了将近五年的公司辞职，第二份工作还没有找到，他整天无所事事，过着浑浑噩噩的生活。虽然是这样，心里却是无比平静，这些年来从来没有像这段时间这样平静过。

……我究竟是怎么了，他在心里发出疑问，从被炉下方抽出腿来站起身，取下挂在墙上的外套披在身上（旁边还挂着西装），在玄关换了鞋，拿起塑料伞走出大门。雪落在伞面上发出轻微的声响，他花了大约五分钟，慢慢走到附近的便利店。

将装有牛奶和副食品的篮子放在脚边，他在报刊架前稍作犹豫，拿下一本月刊《科学》随意翻阅起来。高中时对这本杂志很着迷，但现在已经好多年不看了。杂志上刊登着很多科技讯息，比如不断后退的南极冰层、银河间的重力干涉、新的基本粒子被发现，还有纳米粒子与自然环境的相互作用。他的目光逐一扫过每篇报道，暗自惊叹当今世界直到现在还充满着发现和冒险。

忽然，他产生了一种强烈的感觉，仿佛曾经也有过类似的经历。他吸了口气，啊，察觉出了原因，是音乐！

店内的有线电台正播放着自己还是初中生时反复听到的一首热门歌曲。令人怀念的旋律萦绕在耳畔，《科学》杂志上刊登的世界片段映在眼中，原以为自己已经忘却了的各种情感从心底深处猛然翻涌上来，当这些情感终于平息之后，心的表面仍旧荡漾着微小的涟漪。

走出店门，胸腔里依然有一股热流，他蓦然意识到，这种久违的感觉才是心灵真正的状态吧。

凝视着从空中不断飘落的雪花，他想，马上就要到樱花盛开的季节了。

2

远野贵树从种子岛的高中毕业之后，去东京的大学就读。为了上学便利，他在离池袋车站步行三十分钟左右的地方租了一间小小的公寓。虽然从八岁到十三岁一直住在东京，但除了当时居住的世田谷区还有记忆之外，东京的其他地方就像完全陌生的土地。与度过青春期的小岛相比，他觉得东京人野蛮又冷漠，而且言语粗鲁。人们在街上若无其事地吐痰，路边散落着数不清的烟蒂和细小垃圾。他不能理解为什么人们会把饮料瓶、杂志和便利店的便当盒扔在地上。在他的记忆中，东京应该是个更安定更高雅的城市。

不过，无所谓了。

总之，以后就要在这里生活了。经历了两次转学，他已经学会了让自己适应新环境的方法。而且，自己已经不再是一个软弱无力的孩童了。那时牵着父母的手，坐在大宫开往新宿的电车中看到的景色，和熟悉的山间风景完全不同，他感觉这里不是自己应该生活的地方。然而数年之后，从东京转学去种子岛的时候，他再次体会到了那种被环境拒绝的感觉。飞机降落在岛上的小机场，坐在父亲驾驶的车里看着车外只有农田、草原和电线杆的景色时，他的心中充满了对东京强烈的思念。

结果，到哪里都一样。这次我是按照自己的意愿回到东京的。还没拆封的纸箱堆在狭小的房间里，他望着窗外东京的街景思索着。

四年的大学生活乏善可陈。理学部的课程很繁重，因此不得不把大部分的时间都花在学习上，但除此之外他都不去学校，要么打工，要么一个人看电影、逛街。就算是为了上学而走出公寓的日子，如果情况允许的话他依然会翘课，待在靠近池袋车站的小公园里看书。公园里来往人流数量之多和类型之繁杂曾让他眼花缭乱，但很快他就习惯了。在学校和打工的地方认识了几个朋友，其中大多数随着时间的流逝交情淡薄了，但还有几个人却和他建立了更加牢固的友谊。两三个人聚集在自己家或是朋友家，喝着廉价的酒、抽着烟，彻夜聊各种各样的话题。四年过去了，一些价值观慢慢地发生了改变，但有些价值观却比以往更深地扎在心底。

大一那年秋天，他有了女朋友。是通过打工认识的一个与他同岁、老家在横滨的女孩。

那时候，他得到了大学生活消费协会的打工机会，利用午休的时间卖便当。他本想在校外找份兼职，可学业太忙，午休时间虽然短暂，但也能赚点钱还算不错。十二点十分第二节课结束，他立即飞奔到学生食堂，把仓库内装着便当的手推车拉出来，运送到贩卖处。卖便当的包括他共有两个人，一百个左右的便当大概三十分钟就会卖完。全部卖完后离第三堂课开始只剩下十五分钟，两人坐在学校食堂的角落里匆匆忙忙地吃午饭。这份兼职一直持续了大约三个月。那时他的搭档，就是这个横滨的女孩子。

她是他的第一个女朋友，有很多事情都是她教会他的。在与她共度的那段时光里，他品尝到了从未体会过的喜悦和痛苦。她也是第一个与他有肉体关系的女孩。他有生以来第一次知道，原来人类拥有这么多的感情——有自己能够控制的，也有不能控制的，但显然不能控制的要多得多，嫉妒和爱情完全不受他的意志掌控。

与这个女孩的交往持续了一年半，一个他不认识的男生向女孩的告白成为两人分手的导火索。

“我到现在还是很喜欢远野君，但远野君你却不是那么喜欢我的。我很清楚这一点，所以不能再忍下去了。”女孩这样说着，在他怀里哭了起来。他想说没有这样的事，可是他也知道，让女孩产生这种想法确实是自己的责任，所以他放手了。原来心真正疼痛的时候连身体都会感到剧烈的痛楚，他第一次体会到了这点。

到现在还清晰地烙印在他记忆中的是，在还没有和她交往之前，两人卖完便当坐在学校食堂的餐桌边急匆匆吃午餐的情形。他总是吃食堂供应的便当，而她却从家里带来亲手做的小盒便当。她穿着打工的围裙细嚼慢咽，不漏掉任何一粒米。虽然她的饭菜量只有他的一半，但每次都是她最后吃完。当他取笑她吃得慢的时候，她就生气地说。

“远野君你吃慢点啊，真浪费。”

直到很久以后他才领悟到，她说的“浪费”其实是指两个人在食堂里一起度过的时光。

第二位交往的女性也是通过打工认识的。大学三年级时，他在补习班担任讲师助理。每周四天，在一天的课程结束之后他赶到池袋车站，乘坐山手线到高田马场，然后换乘东西线前往补习班所在的神乐坡。这是一家规模很小的补习班，只有一位数学讲师和一位英语讲师，担任讲师助理的包括他共有五个人，他是数学讲师的助手。数学讲师三十出头，年轻、个性好、很有亲和力，和妻子儿女住在市中心。在工作方面很严苛，但是教学能力和个人魅力让他拥有了高人气。这位讲师将高考应试作为教课目的，把简化的数学高效率地传授给学生们，但同时，也将纯粹数学的意义和魅力巧妙地添加进来。担任这位讲师的助理使他对大学所学的解析数学的理解更深了。不知为什么，这位讲师很赏识他，五个学生助理之中，只有他一个人不用做名单管理和打分之类的杂务，而是被安排做补习测试的方案编制和高考出题倾向分析这类重要工作。而他也竭尽所能完成这些任务，感觉这些工作很有做的价值，工资也挺不错的。

学生助理中有一个女孩，是早稻田大学的学生。在他周边所有女性中，她的外貌是特别突出的一个。她拥有一头美丽的长发和大到令人惊讶的眼睛，个子不高但身材出众。他觉得，这个女孩子犹如某种美丽的动物，比如精悍的小鹿，或是翱翔在高空的飞鸟。

她理所当然地吸引了所有人的注意，无论是学生、讲师还是学生助理，一有机会就频繁地和她搭话，但他一开始却总是对她避而远之（——远远地观赏倒是挺不错的，如果随随便便和她搭讪的话，会觉得她有点美得不现实）。或许正因为这个原因，他渐渐发现了这个女孩身上的某种倾向——极端地说起来，是一种扭曲的东西。

无论是谁和她搭话，她都会展露出富有魅力的笑容作为回应，但除了必要的时候之外，她绝不会主动和别人说话。周围的人们都没有注意到她这种孤僻的个性，甚至认为她是一个非常和善的女孩。

“虽然是美女，却不高傲，是个谦逊、性情好的人”——这就是周围人对这个女孩的评价。他觉得很不可思议，但并不打算修正这种说法，也不想知道为什么人们会产生这种错误的观感。如果她不想与周围人交往的话，那就随便她好了。人的个性本来就是各种各样的，而且不管是谁，或多或少都会有一点扭曲的地方。他也不想管这些跟自己无关的事情惹来麻烦。

然而那天，他却不得不和她搭话。十二月，圣诞节前几天的寒冷冬日，那天数学讲师因为有急事回了家，补习班里只剩下他们两个人进行教材的准备工作。过了大约一个小时之后，他突然发现她的样子有些不对劲。当时，正埋头设计问题的他感觉到一种怪异的气息，不由得抬起头，看见对面座位上的她低着头，微微颤抖着，虽然脸朝向桌上的纸，眼睛睁得大大的，但明显并没有在看纸上的内容，额头上沁出了密密麻麻的汗珠。他吃惊地问她怎么了，却没有任何反应，于是他站起身来，摇晃着她的肩膀。

“喂，坂口！你怎么了，没事吧？”

“……药。”

“啊？”

“药，我要吃药……给我饮料……”她的语气异常平淡。他慌忙跑出房间，在补习班走廊上的自动售货机买了一罐茶，拉开拉环递给她。她用颤抖的手从脚边的包里取出一板药片，“三粒……”她说。于是他剥出三颗黄色小药片，送进她的口中，并喂她喝茶。指尖碰触到她润泽的嘴唇时，他感觉到了惊人的热度。

他与这位女性交往的时间只有短短三个月。尽管如此，她还是给他留下了无法磨灭的伤痛。而且他知道，这个创伤肯定也留在了她的心上。那是他第一次如此迅速地喜欢上一个人，也是第一次对同一个人，由爱转为强烈的憎恨。前两个月，两人都拼命地思考如何能让对方更爱自己，而第三个月，两人都只想着如何能给对方造成巨大的痛楚。难以置信的幸福恍惚的时光结束后，他经历了一段对任何人都无法言说的备受折磨的日子，他和她都向对方说出了本不该说出口的话。

——但是，不可思议的是，明明发生了那么多不堪回首的往事，她给他留下的最深刻的印象还是两人交往前的十二月那天，她吃完药之后的模样。

那个冬日，吃完药过了一会儿，她的脸上就恢复了生气。凝视着她神采奕奕的脸庞，他不由得吸了一口气，觉得自己看到了不可思议的珍奇景象，就仿佛一朵世间独一无二、谁都不曾见过的鲜花绽放在自己的面前。很久以前，他好像曾经有过相似的经历，看到了世间的秘密在自己眼前瞬间闪现。他强烈地意识到，绝不能让自己再次失去这样的一个存在，即使这个女孩正在与数学讲师交往，他也完全不介意。

他到大学四年级的夏天才开始找工作，这是因为三月份和女朋友分手之后，直到夏季来临才能回复心情，重新开始正常的生活。在导师的热心关照下，秋天时工作定了下来。虽然他也搞不清这是否是自己想做的或是值得做的工作，但必须得去上班。比起留在大学里搞科研，他更想亲眼看看外面的世界，因为他已经待在相同的地方太久了。

大学毕业仪式结束后，他回到了公寓里，行李都已经装箱，屋里显得空荡荡的。朝东的厨房小窗外，古旧的木造建筑物背面，被夕阳染红的高楼直插云霄。从南面的窗户望出去，杂乱的民居间隙里露出新宿的高层建筑群。这些超过两百米高的建筑物，会随时间和天气的变化展现出不同的风貌。有时像初升的旭日照耀着山峰一样，高楼会反射朝阳的光芒，发出缕缕金光，又好像在汹涌澎湃的大海中远远望见的岩壁一般，下雨时高楼的身影淡淡地渗透进大气中。四年来，他总会一边眺望着这样的景致，一边脑中思绪纷繁。

窗外黑夜终于降临，街道上的无数灯光炫耀似的绽放着光彩。他把搁在纸箱上的烟灰缸拉过来，从口袋中取出烟，用打火机点上火，盘腿坐在榻榻米上，一边吐着烟圈，一边透过厚厚的大气注视着闪烁的灯光。

自己将会在这个城市生活下去，他这样想着。

3

他工作的地点，是位于三鹰的一家中型软件开发企业，职位是被称作 SE 的那种。他被安排在移动解决策划部门，主要客户是电信业者和终端制造商，他在一个小组里负责手机信息终端的软件开发。

工作之后他才意识到编程非常适合他。这份工作孤独寂寞，必须依靠忍耐力和集中力才能坚持下去，但花费的心血和劳力绝不会付诸东流。如果程序没有按照预期运行，那么原因毫无疑问一定出在自己身上。经过无数次的思考和修正，最终会取得成果——长达数千行的程序，这给予了他前所未有的喜悦。因为工作繁忙，几乎每天深夜才能到家，一个月能有五天休假就已经很好了，但即使如此，他一连数小时坐在电脑前编程都不会感到厌倦。以白色为基调的整洁的办公室里，用隔板隔出了每个人的位置，他坐在属于自己的小空间里，每日每日乐此不疲地敲击着键盘。

也不知道这是此类工作中常有的现象，还是他所在的公司特有的情况，同事之间除了必须的工作接触，其他方面几乎没有交流。无论哪个小组都没有工作结束后一起去喝一杯的习惯，午饭都是各自坐在位置上吃便利店的便当，离开公司和下班时也不会互相打招呼，就连开会时最低限度的必要沟通都是通过公司内部邮件进行的。宽敞的办公室总是充斥着敲击键盘的“嗒嗒”声。一层楼明明有上百号人，却感觉不出多少人的气息。刚开始，他因为公司的人际关系和大学里差距太大而感到不适应——上大学时他和别人的交情也就是聊天解闷，但也会时不时地不问缘由聚在一起喝酒——不过，他很快便习惯了公司沉默的环境，而且，他原本就不是那么爱说话的人。

下班之后，他在三鹰站坐上临近末班车时间的中央线，在新宿下车后回到位于中野坂上的一间小公寓。实在累得不行的时候就坐出租车，如果步行的话大约是三十分钟的路程。他毕业之后搬进了这间公寓，公司所在的三鹰地段比这里的租金更便宜些，但他不愿意住在离公司太近的地方，最重要的是，每当从池袋的公寓远远看见西新宿的高楼群，他就强烈地想要接近那里。

或许就是因为这个缘由吧，他一天中最喜欢的时间，就是乘坐电车经过荻窪一带，看到窗外西新宿的高楼群出现在视野中，然后逐渐靠近之时。东京方向的末班电车有不少空位，西装包裹下的身体里除了一天辛勤工作后的疲惫，还有令人愉悦的充实感。目不转睛地凝视着杂居楼对面若隐若现的高楼群，伴随着电车“喀哒、喀哒”的震动，高楼群的面貌很快便清晰起来，占据了整个视野。东京的夜空总是出奇的明亮，为巨大的高楼勾勒出黑色的轮廓。直到深夜仍未就寝的人们的窗口透出美丽的黄色灯光，不停闪烁的红色航空警示灯像是在呼吸一般。看着眼前的景色，他感到自己正在朝向某个遥远而美丽的事物不断前进，这样想着，他的心灵深处微微地颤动起来。

又一个早晨来临了，他前往公司，在入口处的自动售货机买了一罐咖啡，打完考勤卡，坐在自己的座位上打开电脑。趁着 OS 系统启动的时间一边喝咖啡一边确认这一天的工作预定。他按动鼠标，打开几个必要的程序，手指按在键盘上，将思考出来的几种计算方案进行调试，然后采用 API 应用程序编出最合适的流程。无论是鼠标光标，还是字符输入指示光标都和自己的身体配合默契。通过 API、OS，以及中间设备，还有由硅片组成的硬件，他尽情地发挥自己的思维能力，让非现实世界里的电子运转活动。

随着对编程越来越熟练，他对电脑本身产生了敬畏之情。虽然对于支撑一切半导体技术的量子理论略有了解，但现在将编程作为职业，每日都接触电脑，习惯这样的日常工作之后，他不禁对自己手中这个道具匪夷所思的复杂性，以及创造出这个道具的人感到惊叹不已。他甚至觉得，这几乎可以看作是神秘的力量。为了记述宇宙而诞生的相对论，为了描述纳米技术而存在的量子论，这些理论相继出现在世界上，而总有一天，它们会因为即将诞生的大统一理论或是超弦理论，被整合为一体。自己操作电脑的行为似乎触及到某种世界的秘密，而且他还隐隐约约地感知到，这世界的秘密中隐藏着一条通向过往的道路，道路那头连接着很久以前就逝去的梦想和思索、曾经喜爱的地方和放学后听的音乐、与那个特别的女孩定下的无法实现的约定。于是他怀着要去找回某种重要东西的迫切心情，全身心地埋首在工作中。就像孤独的演奏者与乐器进行深层对话一般，一个人静静地不停敲击着键盘。

就这样，进入社会之后，转瞬之间几年飞也似的过去了。

最初他觉得这种充满成就感的日子很久违了，中学时代，自己的身体开始发育，向着成年人不断变化带来了自豪感——肌肉日益结实，体力逐步提高，曾经病弱的瘦小身材越来越强健。而现在编程水平的逐渐提高让他重温了初中时这种令人怀念的感觉。他的工作表现渐渐得到了周围人的认可，相应地收入也越来越高。他基本上每次换季的时候为自己买一件上班时穿的新西装，休息日就一个人待在家里打扫卫生或读书，每半年一次约上以前的朋友一起喝酒，朋友的数量没增多也没减少。

每天早上八点半出门，深夜一点多回到家。

这样的生活周而复始。从电车窗口向外望去，西新宿高楼无论在什么季节，无论在什么天气都美得令人叹息。而且随着年龄的增长，他眼中看到的高楼愈发光彩夺目。

有时，他会觉得这种美将某种东西凸显在自己的面前，但那东西究竟是什么，他自己也不清楚。

在一个梅雨时节里好不容易出晴的周日午后，他在新宿车站的站台上听到有人呼唤他“远野先生”。

喊他的是一位头戴米黄色宽边遮阳帽，鼻梁上架着一副眼镜的年轻女子。他一下子没反应过来是谁，但她那种知性的气质让他感觉似曾相识。他不知道说什么好，正在窘迫之时，“您是在……系统工作的吧。”女子先开口说了他所在的公司名字，他这才回忆起来。

“啊，你是吉村先生那个部门的。”

“我是水野。太好了，您想起来了。”

“实在抱歉，以前见到你的时候，你穿的是正装。”

“这样啊，而且我今天还戴了帽子。我一眼就认出远野先生您了，您穿便装真像个学生呢。”

学生？她这样说应该没有恶意吧。他随意地和她并肩向楼梯走去。其实，她自己才更像大学生。从茶色凉拖露出的脚趾上，淡粉色的指甲油微微地闪着亮光。她刚才说自己叫什么来着……哦，是水野。上个月他去客户的公司交付成果，那时对方负责人的下属就是她，两个人见了大约两次面，只是互换了名片，但她处事一丝不苟的态度和清亮的声音给他留下了深刻的印象。

对，她应该是叫水野理纱，记得自己还曾经觉得这个名字和她本人的气质非常契合。走下站台的楼梯，他一边沿着车站的通道向右拐，一边随口问她。

“水野也从东边的出口出去吗？”

“哦，是的，都可以。”

“都可以？”

“嗯，其实我接下来也没什么安排，不过雨停了，天气也不错，就想要去购物了。”她一边笑一边回答，看着她的笑脸，他也情不自禁地微笑起来。

“我也一样，那如果方便的话不如一起去喝杯茶吧。”他这样提议道，水野露出一个灿烂的笑容，“好啊。”

两人在东出口附近的一个狭小的地下饮料店待了两个小

时。两人一边喝咖啡一边聊天，交换了联系方式后就互相告别。

一个人走在书店的书架间，他觉得喉咙累得有些发麻。现在想来，自己已经很久没有和谁这样漫无目的地长时间聊天了。对方明明是不太熟悉的人，却能和她不厌倦地聊了两个小时，这可能是因为最近的一个项目刚刚结束，心情轻松的缘故吧。他们聊着彼此的公司、居住的地方、学生时代发生的事情。虽然没有什么特别的话题，可和她聊得非常投机，仿佛连呼吸都合拍。他的心灵深处已经好久没有感受过这样的暖意了。

一周后，他发短信邀请她吃晚饭。早早地加完班，与她在吉祥寺见面一起吃了饭，十点多才各自回家。下一个星期，她主动约他出去吃饭，再下一个星期，他邀请她周末一起看电影吃饭。两人就这样慎重而有礼地交往着，逐渐拉近了距离。

水野理纱是那种相处时间越长越让人心生好感的女性。

虽然她的眼镜和黑发乍看之下太过朴素，但细细打量就会发现她的五官异常标致。将身体包裹严实的服装、不多的言语、总是透出羞怯的举止，都让人觉得“她不愿把漂亮的一面展露在别人面前”。她比他小两岁，个性真挚而坦诚。她从不大声说话，总是保持着缓慢而令人愉悦的语速。和她在一起时，他会觉得非常放松。

她的公寓位于西国分寺附近，公司也在中央线沿线，所以二人的约会总是在那一带。电车中两人不经意间互碰的肩膀，吃饭时她将自己的食物分给他的举动，还有并肩行走时的步调，都能让他清楚地感觉到她对自己怀有的好感。他们彼此都明白，只要任何一方先踏出一步，另一方都不会拒绝。但即使如此，他还是无法决定自己是否该这样做。

目送她在吉祥寺车站走向相反方向的站台，他在脑中思索着，迄今为止，当自己喜欢上某个人的时候，总会觉得感情升温得太快，然后这份感情会在转瞬之间就消耗殆尽，于是便失去了这个人，而此次他不愿让这样的事情再重演了。

这一年的夏末，在一个下雨的夜晚，他在自己的房间里看到了 H2A 火箭[1]发射成功的新闻。

那天湿气很重，虽然窗户紧闭，空调的温度也打得很低，但黏糊糊的湿气还是伴随着雨滴敲打地面的声音和车辆滑过潮湿路面的声响侵入房间。电视屏幕上播放着似曾相识的画面，那是 H2A 火箭喷射着巨大的火焰，从种子岛宇宙中心冉冉升空的景象。镜头切换，画面转为用超级望远镜捕捉到的 H2A 在云端里越飞越高的情景。然后画面又变成安装在火箭上的摄像头拍摄到的，俯瞰助推器的镜头。透过云层的缝隙，逐渐远去的种子岛的全貌尽收眼底。他高中时代居住过的种子镇以及海岸线，也在画面中清晰可辨。

忽然，一股寒意袭遍全身，他忍不住打了一个寒战。

但是眼前这幅景象给他带来的到底是什么感受，连他自己都说不清楚。种子岛已经不能算是自己的故乡了，父母很久以前就因为工作调动来到长野，或许会永久居住在这里了

---

1 H2A 是日本研制的新一代运载火箭，主要包括 H2A－202、H2A－2022、H2A－2024、H2A－204 等 4 种型号。

吧。那个小岛对于他而言，只是人生旅途中一个经过的站点而已。一口气喝光开始变温的罐装啤酒，感受着苦涩的液体滑过喉咙落入胃腑的感觉。年轻的女播报员用平淡无奇的语调讲解着，这颗卫星属于通讯卫星，用于移动终端的信息传导——也就是说，这次火箭发射与自己的工作也有点关联，但他对此并没有什么感想，反倒是思绪被带回到一个距今遥远的地方。

第一次看火箭发射是在十七岁的时候，那时身边有个穿学生制服的女孩子。虽然不同班，但两人的关系却不错，或者应该说，是那女孩单方面有意接近他。她叫澄田花苗，是个喜欢冲浪，皮肤被晒得黑黑的活泼可爱的少女。

将近十年的岁月轻缓地抚平了感情的起伏，但即便是这样，每当回忆起澄田时，他仍旧会感到心微微地抽痛。她身材的高度、汗水的气息、说话的嗓音、灿烂的笑颜和哭泣的神情，有关她的一切，都会和度过他少年时期的小岛的颜色、声音、气息杂糅在一起，不由自主地闯进他的脑海中。这种情绪类似于后悔，但他也知道，那时候他只能那样对待她。澄田喜欢自己的原因、她好几次想要告白的瞬间、阻止她表白时自己的心情、看到火箭升空时的激动，以及之后她的放弃，所有的一切他都清清楚楚地看在眼中，可是那时的自己什么都不能做。

上大学前往东京之前，他只告诉了澄田一个人航班的时间。出发是在三月的一天，那天晴空万里，只是风刮得有些猛烈。在类似渡船港口的小小的机场停车场里，两人最后简短地说了几句话。对话好几次都差点中断，澄田一直在哭泣，但分别的时候她还是笑了。他想，或许那个时候，澄田已经变得比自己更成熟更坚强了吧。

告别的时候，自己有没有向她露出笑容呢？现在的他已经记不清了。

深夜两点二十分。

明天还要上班，现在不得不睡了。新闻已经结束，不知什么时候播放起了电视购物节目。

他关上电视刷完牙，把空调定时为一小时，然后关上灯躺到床上。

枕边正在充电的手机一闪一闪地发出微弱的光芒，提醒他有短信。打开手机，显示屏的白光照亮了房间的一角。原来是水野约他出去吃饭。他躺倒在床上，闭上了眼睛。

眼皮下面浮现出各种各样的花纹。因为视觉神经会将眼球受到的压力识别为光，所以人类是无法看到真正的黑暗的，是谁这样告诉他的呢？

他忽然想起，那时自己养成了用手机编写短信，但从不发送出去的习惯。一开始，那是写给一个女孩的短信，他不知道那女孩的邮件地址，连和她的通信也在不知不觉中断绝了。虽然不再给她写信了，可是对她的思恋依然无法消解。当心中的感情喷薄欲出之时，他就会写短信，告诉自己这是发给她的，当然最终都会删除。那段时期对他而言就像准备阶段，是为了独自一人迈向世界而进行的助跑。

但渐渐的，短信的内容不再为任何人而写，而是变成了类似自言自语的抒发内心情绪的渠道。又过了一段时间，写短信的习惯消失了，当察觉到这一点的时候，他知道，这意味着准备阶段的结束。

他再也不会给她写信了。

而她的信，他也肯定再也不会收到了。

——这样想着，他忽然清晰地回忆起自己那时抱有的一种焦躁感。直到现在居然还能深切地体会到这种感受，那岂不是意味着自己最终没有任何改变吗？他不禁有些错愕。那时的自己，无知傲慢而且残酷。不，就算是这样——他倏地睁开双眼，至少现在，他很清楚有个人在自己的心目中很重要。

自己应该是喜欢水野的吧，他这样想。

下次见面的时候就向她表明心意吧，他下定决心后就回复了短信。这一回他要好好地面对水野和自己的感情，就像最后那天，澄田对自己所做的那样。

那天，在小岛的机场。

两人都穿着平时里不常见的便装，澄田的头发、电线以及刺葵的树叶在强劲的风中摇摆。她的面庞上泪光闪闪，可是依然展露笑颜对他说。

远野君，我一直都喜欢你，谢谢你这么长时间一直在我身边。

4

工作第三年，在被分配的小组里，他迎来了工作上的一个转折。

在他入社之前，公司运行了一个项目，但经过长时间的操作却以失败告终。公司决定大幅缩小原定目标，让这个项目尽快结束。事业部长向他下达了人事调动的命令，让他加入这个善后的工作。这就类似于打了败仗收拾残局一样，需要他将错综复杂、数量庞大的程序组进行整理，尽可能挽救还能使用的程序，将损失减到最少。按照上级的意思，就是“我们都认可你的能力，所以你就能者多劳，处理一下这个烂摊子吧”。

最开始，他按照组长的指示做事，可是他很快就意识到，照组长的处理方式做下去，只会积聚更多无用的子程序，让情况加剧恶化。他向组长提出了自己的建议，却不被采用。他无可奈何，只能在一个月的时间里比往日加了更多的班，除了完成组长命令他做的工作，他还按照自己认为最合理的方式将工作重新做一遍。结果是一目了然的，只有用他想出的方法这个项目才有可能收尾。于是他再一次找组长陈述了自己的看法，可是组长不但狠狠训斥了他，还语气强硬地告诫他，让他不要再擅自行动。

他陷入了进退两难的地步。观察小组其他成员的工作状况，他发现他们都是仅仅按照组长的命令行事。照此情形下去，这个项目永无完结之日。在错误的初期条件下开始的工作，如果不从根本上改正谬误，盲目推进只会造成更复杂难办的局面。为了改正初期条件，已经走了太多的弯路了，现在应该按照公司上级要求的那样，好好地想一想该怎么让这个项目以最小的损失尽快完结。

他考虑良久，终于决定向事业部长说明情况。事业部长仔细聆听了他长时间的叙述，可最终却要求他在体谅组长立场的前提下，把这个项目出色地完成。他苦恼地想，这个要

求根本就是无法实现的任务，

以后的三个多月，整个小组的工作没有做出任何成果。他也能够理解组长想按照自己的方式完成任务的心情，可是视若无睹、任由事态恶化绝对不是他做事的风格。尽管被组长怒气冲冲地训斥了好多次，他依然坚持自己的观点，独自进行工作。事业部长默认了他的做法，这在一定程度上给了他帮助，可惜其余组员每日造成的混乱把他的成果连带着也给抹杀了。那段时间，他抽烟明显增多，回家之后还会喝很多啤酒。

终于在某一天，他忍无可忍，向事业部长提出了自己的要求，要么让他调出小组，要么帮他说服组长采纳他的建议，如果都不行的话，他就辞职。

结果到了第二周，小组的组长进行了人事调动，新任命的组长还兼任着其他项目。由于新上任的组长觉得自己是被迫接受这个烫手山芋的，所以对待他的态度明显很冷淡，不过至少在工作上，这个新组长还是能做出合理正确的判断。

不管怎样，这下子整个小组的工作总算迈上了正轨。工作越发繁忙，他觉得在公司里更加孤单了，不过他仍旧勤恳地工作。因为他只能这样做，该做的事情都已经做过了。

在这样的工作状态下，他和水野理纱一起度过的时间和以前相比，更加弥足珍贵了。

每周或是两周一次，下班后他会去她公寓附近的西国分寺车站。和她约好的见面时间是晚上九点半，有时候他还会买一束花带过去。公司附近的花店到八点就打烊了，所以他会在七点左右溜出公司买好花，放进车站的行李存放柜，然后匆忙赶回公司加班到八点半，这项隐秘的行动让他乐在其中。下班后他乘上拥挤的中央线，小心翼翼地不让花束被压坏，前往水野等待的西国分寺车站。

周六的夜晚，两人时不时地会留宿在任何一方的家里，一般是他去水野那里，当然有时水野也会到他这边来。两人的家里都有两把牙刷，她的房间里备有几套他的内衣，而他的房间在不知不觉中添置了厨具和调味料，另外还增添了一些以前从来不阅读的杂志，这一切令他倍感温馨。

晚饭都是水野做的。在他等待晚饭的过程中，厨房里传出菜刀切菜和换气扇转动的声响，还飘出煮面和烤鱼的香味。他一边嗅着饭菜的香气，一边用笔记本电脑工作，此时他的心情极其安定平和。料理的香味和敲击键盘的声音柔和地混杂在一起，充盈了小小的空间。这个空间是他迄今为止最安心的地方，这种时刻是他所有经历中最温馨的时光。

关于水野的美好印象有很多很多。

譬如吃饭，水野用餐时的举止一直很优美。她可以将鲅鱼肉干净地从鱼骨上剔下来；切肉的手势熟练流畅；吃意大利面时，灵巧地用叉子和汤勺将面送入口中，优雅的举止让观者赏心悦目。此外，握着咖啡杯的手指上的粉色蔻丹[1]、双颊上润泽的湿气、指尖的冰凉、发丝的香气、肌体的甜蜜、手掌心的汗水、沾染上烟草味的唇瓣、悠长的叹息——这些美好的感受都是水野带给他的。

---

1 古时将指甲油称为蔻丹。

留宿在她位于交通沿线上的公寓里，关上灯躺到床上的时候，他经常仰望窗外的夜空。到了冬季，夜空中群星璀璨，分外美丽。户外的温度已经降到了冰点以下，室内也很寒冷，口鼻中能呼出白气，但是她的头枕在自己光裸的肩头上，给他带来舒心的温暖感觉。此时，行驶在中央线上的电车传来的“喀哒喀哒”的声响，仿佛遥远国度传来的陌生语言，回荡在他的耳畔，让他恍如置身在一个从未来过的地方。他想，也许这就是自己一直梦寐以求的渴望来到的地方。

和水野相处的日日夜夜里，他终于明白，在遇到她之前，自己的人生是多么地干涸，独自一人的生活又是多么地孤寂。

正因为如此，和水野分手的时候，犹如即将跌入深不见底的黑暗深渊一般的不安感将他紧紧包围。

三年里，他们两人努力地构筑牢固的恋爱关系，可惜最终还是没能走到最后。一想到以后又要回到孤零零一个人的生活中，他就感到沉重的疲惫。

其实他们之间并没有什么严重的问题，连导致分手的重大事件都没有，可尽管如此，还是走到了分手这一步，人的感情会被时光的洪流冲刷褪色的。

深夜，他在黑暗中倾听窗外的车辆行驶声，睁开双眼，拼命地回忆过往的一切，强迫松散的思绪凝聚起来，想要从失败中领悟出一些教训，哪怕只有一点点也好。

——但是思绪仍旧纷乱。算了吧，反正和谁都没办法一直在一起，人必须在人生旅途中学会习惯失去。

而自己就是这样，在一个又一个的失去中，奋力坚持到现在。

他从公司辞职也是在和水野分手那段时间内发生的事情。

辞职和分手之间有没有相互联系呢？他自己也不是很清楚，但隐隐觉得两者并没有关联。他确实有几次因为工作压力大而对水野发火，也会因为恋爱中的情绪波动而影响工作状态，但是这些都仅仅是表层的东西。在那段时间，他一直觉得有一种语言无法描述、似乎缺少了什么的感受淡淡地萦绕在自己心头。但是，即便如此，这是造成自己分手和辞职的原因吗?

他自己也说不清楚。

辞职前在公司里的最后两年，之后无论怎么回忆，那段时间的记忆都是模糊不清，脑子好像陷入了迷茫的状态，完全没有清晰的印象。

不知从何时开始，季节的交替变得不再分明，今天发生的事情和昨天没什么区别，有时候，甚至明天可能发生的事情，都会如同影像播放一样闪现在自己脑中。工作一如既往地忙碌，可是内容却一成不变的机械重复。项目的进展计划书已经制作出来，每一阶段需要的时间都可以计算出来。每天的工作就如同在匀速行驶的车流之中，只要按照交通标识一个劲向前开就可以了，方向盘和油门都可以不用操作，也不需要和任何人交流。

另外，也不知从什么时候开始，编程、新技术、计算机对他而言，都不再像从前那样闪闪发光充满魅力。他想，世上的事情就是这样的，当他还是少年时，眼中的星空是那么的璀璨夺目，可是如今看来，早已没有当初那种动人心魄的震撼了。

与他个人的状况相反，公司上级对他的评价反而越来越高。每次业绩考核都给他升工资，奖金比同期的任何一名同事都要高。他的日常生活中没有太多的开支，而且本身也没有时间去消费，所以存折里的存款越积越多，达到了历史最高值。

办公室里只有安静地敲击键盘的声音。他坐在椅子上，等待输入的编码运行之时，把变温的咖啡送到嘴边，心中感叹，真是不可思议啊，想买的东西一样都没有，只有钱变得越来越多。

当他把这件事当成笑话说给水野听的时候，她笑了起来，但之后脸上露出些许悲伤的神情。看着她这样的表情，他的胸膛最深处像是被拧了一把，微微地收缩了一下，然后自己也不知道为什么难过了起来。

时值初秋，丝丝凉风从纱窗钻进来，木地板凉爽的触感让人感觉很舒服。他身穿一件深蓝色的衬衫，没有打领带。而她穿着一条有大口袋的长裙，上面罩着一件深褐色的毛衣，衣服下隆起的胸部呈现出柔和的线条，他看着这样的水野，又一次陷入感伤的情绪中。

下班后他来到水野住的公寓，距上一次来已经隔了很久了吧，上回来的时候还是炎夏，需要开空调降温……是啊，已经有两个月没来过了。两个人都很忙，说是没有机会见面，其实也不是绝对无法抽出时间见上一面。如果是以前，两人一定会想尽办法增加见面机会，而不是像现在这样什么都不做。

“贵树君，你小时候的理想是什么？”水野听完他对公司的抱怨之后，忽然这样问他，他思索了一会儿。

“从来没有什么理想。”

“从来都没有？”

“嗯，每天光是生活就已经费尽全力了。”他笑着说道。

“我和你一样。”水野也笑起来，拿起一块盘子里的梨放进嘴里，咀嚼时发出“咔嚓咔嚓”的清脆声响。

“水野，你也是这样吗？”

“是啊，在学校里被问起以后想做什么，我都不知道怎么回答呢。所以在如今的公司就职之后，觉得松了一口气，因为这样一来就再也不用考虑将来的理想了。”

“嗯。”他赞同地回应一声，也伸手拿起一块水野削好的梨。

理想。

无论在何时，他为了找寻自己的安身之所都付出了所有的心力。即便是现在，他依然没能适应这样的自己。他好像一直在追求什么，却一直没有能够得到，只是还在追寻的过程之中。他的目标并不是什么“真实的自己”，可是他究竟在朝向什么奔跑呢？

水野的手机响了起来，“对不起，我去接个电话。”她这样说着走到走廊上。他侧目注视着她离开，拿出一根烟衔在嘴里，用打火机点着。走廊那边隐隐传来欢快的说话声。突然，连他自己都感到震惊的是，他竟然强烈地嫉妒电话那端的人。他的脑中浮现出那名陌生男子用手指抚摸水野毛衣下白嫩肌肤的画面。一瞬间，他对那名男子和水野产生了愤恨的情绪。

这通电话仅仅持续了五分钟。“是公司的后辈打来的。”水野一边说着一边走回来。他觉得自己被轻蔑地对待了，当然这并不是水野的过错。“嗯。”他答应了一声，为了压抑自己的情绪，他把香烟在烟灰缸里用力地按了按。我究竟是怎么了？他错愕地想着。

第二天早晨，他和她坐在餐厅的桌旁一起吃早餐，他俩已经很久没一起吃早饭了。

抬眼看向窗外，天空被灰色的阴云笼罩着，肌肤感到一丝寒意。像这样两人在周日的清晨一起用餐，对他们而言是很重要的一段时光。休息日有充足的时间可以利用，该怎么度过呢？这就好比他们漫长的人生，以后的道路应该怎么走下去呢？水野做的早餐总是那么美味，一起吃早饭的时光总是很幸福，确实应该是这样的。

他看着水野用小刀切开法式吐司，再加上牛奶黄油炒鸡蛋送入口中，忽然产生了一种预感，这顿饭可能是他们最后一次一起吃早餐了。他也不知道为什么有这样的预感，内心里也不希望会发生这样的事情，下一周，下下周，直至将来，他都希望能和她一起吃早饭。

然而，这顿饭真的成为了他们最后一顿早餐。

当项目的完结时间已经确立下来，只剩三个月之时，他决定向公司提出辞呈。

一旦下定决心，他才意识到原来很早以前他就已经萌生了辞职的想法。他和组长说，项目完成之后，大概还需要一个月的时间整理资料和交接工作，他希望尽可能在明年二月之前离职。组长用有点同情的语气对他说："那样的话，你找事业部长商量一下吧。"

事业部长知道他想辞职后，真心诚意地挽留他："如果对待遇不满的话，公司可以适当地提高。现在这个项目是很辛苦，可是只要结束了，你在公司的声誉会进一步提升，工作内容也会有趣起来。”

也许确实是这样，但这是我自己的人生。他在心底默默地对自己说。

“我对待遇没有不满。”他回答道，“而且现在的工作也不觉得很辛苦。”他并没有撒谎，他仅仅就是想辞职而已。可是就算他这样对事业部长说，部长也不会理解他的想法吧。不理解也是正常的啊，就连他本人，也没办法给自己一个很有说服力的理由。

虽然过程有些曲折，但总算在一月底的时候，他的辞职被批准了。

秋意渐深，空气越发清爽，气温也日益降低。他把所有的精力都扑在最后的工作上。因为项目的最后期限已经明确定下来，所以他的工作强度比以前更大，几乎没有休息日了。在自己家里短暂的时间，他都像一摊泥那样倒在床上昏睡过去，可是还是由于睡眠不足，总是觉得困倦乏力，还经常发着低烧。每天早晨在去公司的电车里，他都感到恶心欲吐。尽管身体极其疲惫，但是精神上却不用多考虑任何东西，所以那段时间他的心竟然异常的平静。

他原以为交出辞呈后在公司的处境会变得尴尬，没料到居然是相反的情况。项目组长向他表示了感谢之情，事业部长还为他的新工作操心。“凭你的工作能力，我可以很有信心把你推荐出去。”事业部长这样对他说。但他委婉地谢绝了部长的好意，说他目前想休息一段时间。

给关东带来寒冷空气的台风过境之后，他脱去西装换上冬季厚实的衣服。某个寒冷的早晨，他穿上一件刚从衣橱里拿出来，还带着卫生球气味的外套。又过了几天，他围上水野送给他的围巾。随着天气逐渐转冷，他自身也散发出了冬季的寒意，和谁都不怎么讲话，不过他并不觉得痛苦。

他和水野每周通过短信联系一两次。发出短信之后她总要隔好久才回复，估计她工作很忙吧。而他也是一样，回复水野的短信也不及时。距离上次两人一起吃早饭，已经有三个月没有见面了。

结束一天的工作，乘上中央线的末班电车，当他一下子坐在座椅上的时候，他都会深深地，深深地长叹一口气。

开往东京的深夜电车里空荡荡的，充斥着些微酒精的气味和疲惫的感觉。听着电车行驶时发出的熟悉响声，眺望中野街道那边逐渐靠近的高层建筑的灯火，他忽然觉得自己好像正从高空中俯瞰地面。他清晰地记得地面上的情景，在地表蜿蜒前行的细小光带，朝着犹如墓碑一样矗立的巨大高楼蔓延而去。

强烈的风呼啸而过，遥远地面上的街灯如同星辰一般闪烁。他自己也置身在那条光带之中，在这个巨大行星的表面缓慢地移动。

电车到达新宿车站，走下站台的时候，他忍不住回头看了一眼自己在车上坐着的位置，那一瞬间他恍然觉得，那个筋疲力尽、身穿西装的自己依然还坐在那里，这种强烈的感觉怎么都消除不掉。

看来自己直到现在还没有适应东京这座城市，无论是车站月台的座椅，一列又一列的自动检票机，还是商铺罗列两侧的地下街的通道，他都没有能够适应。

十二月的某一天，持续了将近两年的项目终于完结了。

全部结束之时，竟然没有预想之中的感慨万千，只是觉得身体比昨天又增添了今天一天的劳累。喝了一杯咖啡稍作休息之后，他又开始为离职做准备，结果那天他依然乘坐末班电车回家。

在新宿车站下车通过自动检票口，来到西边出口的地下出租车乘车处，看到乘客排成长队，才忽然想起今天是周五，而且还是圣诞节。《铃儿响叮当》的乐曲声混杂在车站内嘈杂的人声里，隐隐地飘过来。他决定不乘出租车，而是走路回家，穿过通往西新宿的地下通道，走到高楼林立的大街上。

深夜时分，这一带总是很安静，沿着高层建筑向前走，这是从新宿走路回家的固定路线。忽然，外套口袋里的手机震动起来，他停下脚步，吸了一口气，才把手机掏出来。

是水野打来的电话。

他没法接电话，为什么会这样呢，自己内心里不愿意接这个电话，只是觉得很辛苦，可是究竟因为什么辛苦，自己也搞不清楚。他什么都不能做，只是呆呆地立在原地，盯着小小液晶屏上显示出来的“水野理纱”这个名字。手机震动了好多次，然后就突然毫无声息地静止下来。

胸口突然涌上了什么热乎乎的东西，他抬起头仰望天空。

就像朝天空飞去逐渐消失一样，视野的一半都被黑沉沉的高楼墙面占据了。墙面上有几处的窗口里透出灯光，远处红色的航空警示灯一闪一灭，像是会呼吸一样，它的上面是没有星光的都市夜空。他看到高空中徐徐飘下无数的细小碎片。

——是雪花。

他想，哪怕只有那么一句话也好啊。

他迫切想要的，就只是那么一句话。他所追求的东西不多，仅仅就是一句话而已，为什么任何一个人都不对他说呢？他也知道自己的要求有一点任性，但还是忍不住在内心里这样希冀着。好久没有看到的雪花将内心深处隐藏的那扇门打开了，一旦觉察到这一点，他突然清楚地领悟到，原来自己迄今为止追寻的东西就是这个。

在很久以前的那天，有个女孩对自己说过的这句话。

贵树君，你一定没问题的。

5

篠原明里为搬家整理物品的时候，发现了那封陈旧的信件。

信放在壁橱最里面的一个纸箱里，封口的胶布上只写着“过去的东西”（毫无疑问这是几年前自己写上去的）。她忽然来了兴趣，打开了这个纸箱，里面收着从小学到初中阶段的杂七杂八的物件。毕业文集、修学旅行的指南、几本小学生的月刊杂志、录音内容已经不记得的磁带、褪色的红色双肩背书包、初中时用的皮包。

她把这些令人怀念的东西一个一个拿在手里仔细端详，忽然产生了一种预感，也许那封信也在这个纸箱里。当她看到最底层的一个空曲奇罐子时，一下子想了起来，对了，初中毕业典礼结束后的那个晚上，我把那封信收在了这个罐子里。那封信她一直没能交出去，很长一段时间都放在书包里，毕业那天，她像是要割舍掉那份感情似的把信收进了罐子里。

打开盖子，那封信就夹在初中时自己很珍爱的一个薄薄的笔记本里面。那是她平生写的第一封情书。

十五年前，当她和喜欢的男孩子初次约会时，本想把信交给他的。

她回忆起那天是一个安静的飘雪的日子。那时候我刚满十三岁，喜欢的男孩子住在需要乘三个小时电车才能到达的地方，那天换乘好几辆电车来看我，但因为下雪的缘故，电车晚点了，最后他比原定时间晚了四个多小时才到达我们约定的地方。等他的时候，我待在木质结构的小车站里，坐在暖炉前的椅子上写下了这封信。

把信拿在手中，当时的不安和寂寞感苏醒了。她的心中再次涌动起对那个男孩子的爱慕，渴望见到他的心情还是那般强烈，让她简直无法相信这已经是十五年前的往事了。对这份感情的记忆如同刚刚发生一般历历在目，鲜明的程度甚至令她感到了困惑。

我当时是真心喜欢他的呢，在第一次的约会中我们初吻了。接吻前和接吻后，我感觉整个世界都发生了改变，而这就是我没能把信交给他的原因。

这一切就仿佛昨天发生的事情一样——是的，真的就像昨天刚刚发生一样——她能够清晰地回忆起每一个细节。只有左手无名指上镶有小宝石的戒指，昭示着十五年光阴已然流逝而去。

那天晚上，她梦见了十五年前的那一天。还是孩童的她和他，在雪花纷飞的寂静夜晚，站在樱花树下仰望缓缓飘落的雪花。

第二天，岩舟站飘起了细雪，但天上的云层却很薄，甚至好几处露出了蓝天，让人觉得这场雪下不了多长时间。不过尽管如此，十二月份下雪已经多年未遇了，近几年基本没下过鹅毛大雪。

“如果一直待到正月里再走多好啊。”母亲说。

她回答道：“因为还有很多事情要准备。”

“对啊，你也给他做点好吃的。”父亲吩咐道。

“嗯。”她应了一声，心里感叹父母都上了年纪了。但这也是必然的，毕竟都是快退休的人了，而她自己也到了谈婚论嫁的年龄。

她与父母一起站在站台上等待开往小山的电车，她觉得三人这样一起在车站等车有点奇怪，可能是搬到这个地方以后产生这种感觉的吧。

那天，当她和母亲从东京换乘电车来到这里，走下站台时心中的惶恐不安，她至今依然记忆犹新。先来的父亲在站台接她们，岩舟是父亲的老家，她在幼年时也曾来过几次，那时觉得这里虽然没有大城市物资充足，却是个安静的好地方。可是真要在这里生活，却有很多不尽如人意之处。她出生在宇都宫，懂事之后就搬到静冈生活，小学四年级到六年级是在东京度过的，岩舟车站的小站台让习惯大城市生活的她感到深深的不安，觉得这里不是自己应该来的地方，对东京的强烈乡愁猛然涌上心头，眼泪几乎要夺眶而出。

“有事就打电话啊。”母亲从昨夜开始就不停地重复这句话。忽然，她觉得父母和这个小城市都变得可爱起来，现在这里是她依依不舍的故乡。

她温和地笑着回答道：“没事的，下个月在婚礼上又能见面了，所以别担心，天气太冷了，你们回去吧。”

她话音刚落，两毛线电车入站的警笛就由远而近传来。

午后的两毛线很空，整个列车里只有她一个人。她无法集中精神阅读随身携带的文库本小说，于是支着脸颊向窗外眺望。

窗外是一望无际的田园，稻子已经被收割完，显得空空荡荡的，她想象着眼前的这片田园被厚厚的大雪覆盖起来的情景。那时是半夜，远处零星有几点灯光，窗框上一定结了厚厚的霜吧。

——那样的风景想必会让人觉得非常不安吧。那个男孩子当时被腹中饥饿的感觉和让别人等待的罪恶感折磨着，在不久之后就将停止运行的电车里，他当时是看着怎样的窗外风景呢？

……可能。

可能，当时他在内心里期盼我回家去吧，因为他是那么温柔的一个人。但其实，无论让我等多长时间都无所谓的，因为我想见到他的心情是如此的炽烈，以至于从来没有怀疑过他可能不会过来。如果那天，自己能和关在电车里的他说说话，她努力想象着，如果当时自己说的话他可以听见的话，她一定会这样告诉他。

没关系，你的恋人会一直等你的。

那个女孩知道，你一定会去见她的，所以把绷紧的身体放松一点吧，想象一下你与恋人一起度过的快乐时光，虽然你们今后可能再也无法见面了，但还是请你将那段奇迹一般的时光当作珍宝一样，永远收藏进你的心灵深处吧。

想到这里，她忍不住笑了起来——我在想些什么呢，从昨天开始脑子里就一直盘旋着那个男孩子的事情。

或许是因为昨天找到那封信的缘故吧。在即将嫁为人妇的前几天，满脑子想的都是其他男人，这有点不真诚吧。但她想将要成为自己丈夫的那个人一定不会在意这些的。当公司决定把他从高崎调任到东京之时，两人决定趁此机会结婚。要说有什么小小的不满的话，估计能说出一长串来，但我确实非常爱他，他应该也同样爱我吧。关于那个男孩子的回忆，已经成为了我身体重要的一部分，就像吃下的东西会化为血肉一般，他已经是我心中无法割舍的一部分了。

贵树君，你一定要健康快乐地生活下去——眺望着车窗外一晃而过的景色，明里在心里祈祷着。

6

只要人活着，悲伤就会逐渐堆积。

按下电灯开关，凝视着荧光灯照耀下的自己的房间，远野贵树发出这样的感叹。就像细小的尘埃在不知不觉中越积越厚一般，不知从何时开始，他的房间里已经充满了这样的感情。

比如说，卫生间里只剩一支的牙刷；比如说，曾经为了某个人晾干的白衬衫；再比如说，手机里的通话记录。

和往常一样乘坐末班电车回到家里，解下领带将衣服挂在衣架上时，他陷入了思索中。

如果是这样的话，那应该是水野更加痛苦，他从冰箱里取出罐装啤酒时这样想道。因为比起水野来他家的次数，他去水野位于西国分寺家中的次数更多。对于水野他觉得非常抱歉，他本不想这样的。回家的路上已经寒意入体，这会儿冰凉的啤酒流入胃中，让他的体温又低了几分。

一月末。

最后一天工作，他还是和往常一样穿上外套前往公司，坐在已经坐了五年的桌前，打开电脑的电源，在等待 OS 系统启动的时候，一边喝咖啡一边确认这一天的工作安排。虽然工作交接已经完成，但他还是尽可能多地接了其他小组的一些短期工作，一直做到离职那天为止。让他觉得有些讽刺的是，通过这些额外的工作，他居然在公司里又结交了几个能称作朋友的人。大家都为他的辞职感到惋惜，打算那天晚上为他办一场送别宴，但他还是郑重地谢绝了。“谢谢大家为我费心，但我想和平时一样工作，接下去我会休息一段时间，到时候再聚一聚吧。”

傍晚时分，曾经的组长来到他的座位边，低头看着地面小声地说了一句：“实在抱歉了。”他有些吃惊，回答说：“没什么的。”这是一年前这位组长调去其他小组后，两人第一次说话。

他一边敲击着键盘，一边想着以后再也不用来这里了，这种感觉真是不可思议。

“我到现在还是喜欢你。”水野在发来的最后一条短信上这样写道。

“我想今后还是会一直喜欢你。贵树君对我而言，是温柔而出色，让我爱慕的人。”

“和贵树君交往之后，我才第一次明白，原来人的心是如此容易被另一个人支配啊。在这三年里，每天我都会比前一天更喜欢你。你说的每一句话，短信上的每一字都会让我或喜或悲。我也会因为一些无聊的小事而产生嫉妒，给贵树君造成困扰了吧。但是，请允许我说句任性的话，这些事已经让我觉得很累了。”

“我从半年前开始，就用各种方式想把这种感受传达给你。却怎么都无法表述清楚。”

“我想，贵树君一定和平时你所说的那样，是喜欢我的吧。但我们喜欢一个人的方式好像还是有些不同。这一点点的不同，让我越来越觉得有些辛苦。”

离职前的最后一日依然是深夜才到家。

那天晚上特别冷，车窗上结了一层霜，变成白乎乎的一片。他盯着对面高楼透进车窗内的灯光，心里丝毫没有解脱感，也没有必须寻找下一份工作的焦虑。他也不知道自己该思索些什么。最近的自己什么都不明白啊，他不禁苦笑起来。

下了电车，像往常那样穿过地下通道，来到西新宿的大楼街。夜晚的空气冰冷刺骨，围巾和外套完全抵挡不了寒气的侵袭。没有多少灯光的大楼看上去就像远古时期灭绝了的巨大生物。

他一边缓慢地在巨大楼体的间隔处行走着。

“我是多么愚蠢而自私的人啊。”

一边这样想着。

这十年来，他毫无意义地伤害了许多人，但他自欺欺人地认为这是无可奈何的事，同时也不断地伤害着自己。

为什么自己不能更认真地为别人着想呢？为什么不能用更温柔的语言表达自己的想法呢——随着他不断前行，那些快要被遗忘的悔恨渐渐地浮现在脑海中。

回忆如决堤的洪水不断涌现出来。

“有些辛苦”，水野是这么说的，可是他知道，不可能只是“有些”。他的脑海中突然一下子充满了各种声音。“抱歉了”，那是他自己的声音；“真浪费啊”，另一个声音这样说；“我们两个人以后不能在一起了吧”，这是那个补习班女孩的声音；“不要再对我这么温柔了”，这是澄田的声音，“谢谢你”，她最后对他是这样说的；“对不起”，这是电话那端传来的明里的声音，还有她的那句话：

“你一定没问题的。”

一直以来他的世界如同深深的海底一样寂静无声，可是此刻各种各样的声音突然浮现出来，充满了他的整个脑海。与此同时还有许多其他的声音也混杂进来，有寒风在大楼间吹过的呼啸声，有摩托车和卡车等各种车辆在街上行驶的声响，还有不知道是哪里的旗幡被风吹得哗啦作响，这些声音交织在一起，混合成了都市的低沉回响。当他意识到的时候，才发现整个世界竟然充满了这种声音。

接着，他听到了激烈的呜咽声——那是他自己的声音。

自从十五年前在车站和她别离，这是他第一次哭泣。泪水疯狂地从眼眶里向外流淌，止都止不住，仿佛隐藏在身体内的巨大冰块融化了一般，他不停地哭着，完全控制不了自己。

哪怕有一个人也好啊，但为什么我就不能让任何一个人靠近幸福一点点呢？

他抬头望去，高达两百多米的大楼墙面一直延伸到遥远的视野里，闪烁的红色灯光忽明忽暗。救赎是不可能轻易降临的，他这样想着。

7

那天晚上，她轻轻开启了那封刚找到的旧信笺的封口。

抽出的信纸仿佛昨天刚写一般崭新，上面的字体和现在没多少变化。

她读了一点，又小心地将信纸装进信封，封好口。她想等过几年再读，现在看的话还为时过早。

到能够阅读的那天为止，好好地收藏起来吧，她这样想。

贵树君：

一切都好吗？

今天竟然下了这么大的雪，约定见面的时候还真是没想到呢。电车看来也会晚点，所以我决定在等贵树君的时间里写这封信。

我的面前有一个暖炉，所以这里很暖和。我的包里总是装着信纸，为了能随时写信。我之后会把这封信交给贵树君你的，你若来得太早的话，我会很为难的哦。所以请不要着急，慢慢过来就好了。

我们很久没有见面了吧，都已经有十一个月了。所以，其实我有点紧张，要是见面了却互相认不出对方该怎么办呢。但这里和东京相比只是个小车站，不可能见了面不认识的。可是不管是穿着学校制服的贵树君，还是加入了足球部的贵树君，我都觉得是完全陌生的形象，无论我怎么努力，都想象不出会是什么样子。

嗯，该写些什么好呢。

对了，首先得向你道谢，我要写下直到现在都没能好好传达给你的心情。

我在小学四年级转学到东京的时候，贵树君能陪在我的身边真是太好了。能和你成为朋友我很开心。如果没有贵树君，学校对我而言会变成更难熬的地方。

所以我一点都不愿意转学去别的地方，不愿意和贵树君分开。我想和贵树君上同一所中学，一起长大，那是我一直的愿望。现在我已经努力适应了这里的中学（所以请不用为我担心），但每天我都会很多遍地想：如果贵树君和我在一起该多好啊。

一想到贵树君即将搬家去一个更远的地方，我就非常难过。现在我们虽然一个在东京，一个在枥木，但我总是想“不用觉得孤单，我还有贵树君呢”，因为只要乘电车很快就能见到你了。但这次你竟然要搬到九州那边去，这样一来我们就隔得实在太远了。

从今以后，我必须学会一个人面对生活中的一切了。但真的可以做到吗？我有点没有信心。但不管怎样，我必须要做到，无论是我还是贵树君都必须做到，你说对吧？

另外，有句话我得在这里说一下，信上的这些话原本想今天亲口对你说的，但我担心可能会说不出口，于是写了这封信。

我喜欢贵树君，已经不记得是什么时候喜欢上的，只是非常自然的，不知不觉中就喜欢上了。从第一次见面时起，我就知道贵树君是个坚强而温柔的男孩，一直都保护着我。

贵树君，你一定没问题的。不管今后发生什么，贵树君一定会成长为一个出色而温柔的男人。无论贵树君将来到多远的地方，我一定会永远喜欢你。

无论如何，请你记住这一点。

那天晚上，他做了一个梦。

因为搬家，世田谷的屋子里堆满了纸箱。他正在写信，这封信本打算在第一次约会时交给自己心爱的女孩，可是却被风吹走了，结果没能送到那个女孩手中，在梦中他知道这个结局。

但即便如此，我还是必须写这封信，他这样想着。他很清楚地知道，哪怕这封信没有任何人会去看，自己还是一定要写这封信。

他翻动着信纸，在最后一页上写下文字。

长大这件事，具体来说究竟是怎样的呢，我依然不能明白。

但我希望，将来有一天，假如在某个地方和明里偶然相遇，到那时能够成为让自己毫不羞愧的大人。

我想和明里做出这个约定。

我一直都很喜欢明里。

请一定要多保重。

再见了。

8

四月，如云似锦的樱花装点着东京的街道。

由于一直工作到凌晨，醒来时已经将近中午了。打开窗帘，灿烂的阳光扑面而来。参天的高楼被春日的彩霞笼罩，每一扇窗户都在阳光照射下闪耀着令人愉悦的光芒。杂居楼之间随处可见盛开的樱花。他再次感慨道，东京的樱花真多啊。

从公司辞职后过了三个月，从上周起他又开始了新工作。通过上一份工作积攒的人脉，他接下了一份从设计到编程全权负责的工作。以后是否要朝着自由编程者的方向努力？自己有没有这种才能？他还不能够确定，但觉得是时候开启崭新的一页了。好久没进行的编程竟出乎意料的有趣，十指敲击键盘的触感也令他品尝到快乐的滋味。

咬了一口涂着薄牛油的吐司，然后喝着加入足量牛奶的奶咖，吃完早餐，洗餐具时他想，这几天把积攒下来的工作都做完了，今天就给自己放个假吧。

披上一件薄薄的夹克衫走到户外，在街上漫无目的地闲逛。这是个春意盎然的好日子，微风习习，吹动着发丝，空气中弥漫着午后的气息。

辞职以来，他感受到城市的街道在不同时间段会有不同的气息，上一回产生这种感觉已经是几年前的事情了。早晨时有清晨独有的、预示着美好一天的气息，傍晚时有只属于黄昏的、温柔包裹一天尾声的气息。星空有星空的气息，阴天时有阴天的气息。这些是人类、都市和自然，三者在日复一日的生活中混杂而成的气息——自己真是遗忘了好多东西啊，他这样想着。

他在狭长小道纵横交错的住宅街上漫步，口渴了便在自动售货机上买罐咖啡到公园里喝。他看着从校门里跑出、超过自己向前跑去的小学生们的背影，又望向人行天桥上川流不息的车辆。住宅楼和杂居楼的对面，隐约可见新宿的高层建筑群。高楼背后是一片湛蓝澄澈仿佛蓝色水彩溶于水中的天空，几朵白云随风飘过。

他走在铁道和公路的交叉口上。旁边有一棵高大的樱花树，四边的柏油路面上铺上了一层雪白的落英。

他看着缓缓飘落的花瓣。

秒速五厘米。

他蓦然间回想起樱花飘落的速度。电车即将通过的警报开始鸣响，响声回荡在春天的大气里，带来令人怀念的感觉。

不远处有一位女性走了过来，她脚上的白色凉鞋在水泥路面发出悦耳的“哒哒”声，在警报的间隙里隐约可以听见。二人在交叉口的中央擦肩而过。

那一瞬间，他的心里忽然亮起了一道微光。

两个人朝着相反的方向走着，如果现在回头的话——那个人一定也会回头的，他怀着这种强烈的想法，虽然没有任何的根据，却非常确信。

于是，在完全走过交叉口的时候，他缓缓转身看向那名女子。她也慢慢回头，两人目光交汇。

就在心与记忆激荡起来的瞬间，小田急线的特快列车挡住了两人的视野。

他想，电车通过之后，她还会在那里吗?

——在或不在都无所谓了。如果她就是那个人的话，能和她这样相遇已经是很大的奇迹了。

等这列电车开过之后就继续向前走吧，他在心里这样做出决定。

后　记

本书《秒速五厘米》是以我导演的动画影片《秒速五厘米》为原作撰写的，也就是说我将自己的动画作品改编成了小说。为了能让没有看过动画的读者也能够愉快地阅读，对这方面我考虑了很多，所以没看过原作动画的读者也请放心阅读吧……尽管原作动画和小说相互独立，但动画和小说中也有互为补充的部分，另外小说中有些地方与电影中的处理方式不尽相同，如果各位能在看完动画后再看小说，或是看完小说后再看动画的话，我想会得到更多的乐趣。

动画影片《秒速五厘米》于二〇〇七年三月在涩谷Cinema Rise首次公映，我开始写这部小说也是在这一时期。之后大约四个月内，我辗转于全国各地的电影院进行电影的宣传活动，空余时间就在房间里写小说。小说作为本书的基础，每月刊登在杂志《达・芬奇》上，所以那段时间，在电影院里我能从观众那里同时听到对电影和小说的感想，真的非常开心。

电影和文字的表现形式是不一样的。说到表现形式，大多数情况下用影像（和音乐）更加便捷，不过，展现心理活动时，有时候影像这种东西完全不需要。动笔写这本小说是一段很具刺激性的体验，让我能够思考和运用文字的表现形式。今后我还会制作动画，不足的方面就用文字来补充，抑或是反过来，把文字无法充分表达的内容用影像来展现，这就是我以后想要尝试的创作路线。

阅读了本书的读者，非常感谢你们的支持！

二〇〇七年八月

新海 诚

图书在版编目(CIP)数据

秒速五厘米 /(日) 新海诚著;季丽晔译. —上海:
上海译文出版社, 2013.3 (2017.1重印)
ISBN 978-7-5327-6080-0

Ⅰ. ①秒… Ⅱ. ①新… ②季… Ⅲ. ①短篇小说—小说集—日本—现代 Ⅳ. ①I313.45

中国版本图书馆CIP数据核字(2013)第037485号

图字: 09-2012-795 号

秒速五厘米
〔日〕新海 诚 著 季丽晔 译
责任编辑/赵 平 装帧设计/柴昊洲

上海世纪出版股份有限公司
译文出版社出版
网址: www.yiwen.com.cn
上海世纪出版股份有限公司发行中心发行
200001 上海福建中路193号 www.ewen.co
江阴金马印刷有限公司印刷

开本 787×1092 1/32 印张 5.5 插页 10 字数 60,000
2013年3月第1版 2017年1月第11次印刷

ISBN 978-7-5327-6080-0/I·3614
定价: 35.00 元